麻辣白玉堂系列 3

案中案

谈歌 著

耳菜 点评

作家出版社

目 录

楔子

谈歌

宋仁宗赵祯皇祐二年初冬，瑞雪飘飘的季节里，皇宫里发生了一件事情。皇上要册封的四皇子突然失踪了，据说这个四皇子是得了疯癫病，一天夜里，疯跑出宫去，寒风凛冽的夜里，竟不知道四皇子去了什么地方。皇上派出去许多大内高手，四处寻访，但没有寻到四皇子的下落。皇宫里的太子和公主很多，历朝历代，总是难免有一些性格奇奇怪怪的太子或者公主的。如此说来，失踪了一个性格奇怪的皇子，不是什么大事情。

皇宫里的事情从来都是与民间的事情不相干的。皇宫里的心情当然也不会影响民间的娱乐的。民间向来是不关注朝廷里的是是非非的。如此说来，礼不下庶人的确是一件好事。老百姓本不应该关心国家大事，本不应该知道那么多让人头疼的皇宫中的事情。于是，才有了民间世俗的欢乐。但是，谁也不会想到，这个疯癫的四皇子的失踪，竟引发了后来的一场惊动朝野的动乱。

这是白玉堂的另一个故事。耳菜请读者注意，这一个故事，也同样不同于石玉昆先生笔下的白玉堂。耳菜请读者耐住性子看下去。我相信您已经看完了第一个故事和第二个故事，现在，让我给你们讲白玉堂的第三个故事。

转眼已经到了第二年秋天，四皇子失踪的事情已经被人们淡忘了。秋高气爽的秋天，东京城内的菊花处处盛开，东京城外的庄稼已经是金黄一片了。此时是农民们的收获季节，也应该是达官贵人们秋游出行的当令。此时，更应该是一个饮酒的季节。赏菊饮酒，自古至今都是一件美事。其实，赏菊饮酒只是酒徒们的一个美好的借口，只要是好饮酒的人，哪一个季节不是当饮的好季节呢。有道是，好酒知时节，当喝乃发生。从古至今的酒徒们概莫能外。所以酒楼是没有淡季和旺季的。一年四季，酒楼的生意总是好的。

东京城外十里铺上的"得意酒楼"的生意当然更好。也有人说，得意酒楼的生意好，是因为它开在了寸土寸金的东京城外的十里铺。这是进入东京的必经之路。人们在这里送客，或者在这里迎客，都必须在十里铺歇一歇脚的。当然最好的歇脚处也就自然会选在这得意酒楼了。

十里铺是东京城外的十里铺。如果把十里铺放在别处，得意酒楼的生意恐怕不会这样兴隆了。得意酒楼沾了十里铺的光，十里铺沾了东京的光。京城永远是经济中心，是商家眼中的黄金宝地。历朝历代，概莫能外。

谁也说不清楚这座得意酒楼有多少年的历史了。但都知道这店至少是一个百年以上的老店了。店前的门匾，传说是唐朝颜真卿先生的真迹。世人传说颜老先生曾经外出游历，到处歇脚，得知亲侄颜季明被安禄山杀害，悲愤交加，在这里大醉了三天，才有了后来传世的《祭侄文稿》，颜体才得以发扬光大，流传于世。传说，这家老店最早是颜氏家族的人所开。但是，这家百年以上的老店的老板几十年却一直姓张，而现在却又姓了冯。人们现在议论的故事是这样的：姓张的老板因为嗜赌，才把这老店输给了姓冯的老板。而酒客们是不注意这些的。酒客们只会记住酒楼中的飘香的美酒，没有人会记住酒楼的老板。店老板姓冯还是姓张，不关他们的事情。更无人记得什么颜真卿先生了。

得意酒楼门前的幌子在秋风中摇摇摆摆，仿佛在撩拨着人们胃里的馋酒虫子，丝丝痒痒地爬上人们的喉咙。酒香从楼里弥散出来，满街飘荡。酒楼门前，人们进进出出，进去的人一个个如饥似渴，出来的人一个个红光满面，有的已经失态，醉步踉跄。店家小二笑容满面，迎来送往。

得意酒楼果然是好生意。

今天中午，一个长须汉子走进了开封府的得意酒楼，汉子器宇轩昂，身着华丽的服装，看得出是一个腰缠重金的角色。商家永远是看人下菜碟的货色。站在店门前接客的店小二看到长须汉子走了进来，目光登时一亮，高高的一声"客官里边请"的欢叫，就惊动了正在店前柜里坐着的店老板。店小二这一声欢欢的叫声，大概是本店的暗语，大凡有重要的客人光顾，店小二才这样喊的。店老板慌忙起身，笑嘻嘻地迎进了长须汉子，喜气地说："这位爷，请上楼，老地方。"

长须汉子点点头，打量了一下老板，微微一笑，先是仰头看看酒店匾额上的"得意酒楼"四个大字，然后就抬脚上楼，楼板踩得颤颤响。只有腰缠万贯、财大气粗的人才会有这种满不在乎的踩法。店老板屁颠颠地跟在汉子身后,嘴里尖声叫着:"小二,贵客来了,看座。"

这几天里,长须汉子已经成了这得意酒楼里的明星,每天在这里挥金如土。他每天在这里开销一两银子的酒钱,却总是掏出一锭银子扔到柜上,从不找零,便扬长而去。如此出手宽绰的主顾,似乎他腰袋里的银子是大风刮来的,或者是天上飞来的?弄得店家瞠目结舌。据说这个长须汉子是一个书法狂客,他到这里吃饭,只是为了每天看一看"得意酒楼"这四个颜体大字。管他是不是书法狂客呢,他只要走进店来,便是一个食客。对于这样一个出手慷慨的食客,哪一家酒店不欢迎呢?

> 店大欺客,客大欺店。这几乎是一条千古不变的真理。趋炎附势,本来就是人之常情。君若不信酒席看,杯杯先敬有钱人。看到此处,耳菜大为感慨。

楼上临窗的一张桌子,是酒店这些日子专门给长须汉子留的。长须汉子已经以每天十两银子的惊人价格定下了这个位置。小二手脚麻利地把早已经准备好的菜端上了桌子。长须汉子微微笑笑,就坐下畅饮起来。长须汉子饮得很慢,仿佛在品酒。

长须汉子已经饮了两个时辰。已经到了他平日要走的时候了。

可是今天长须汉子饮罢酒却不走,低头在桌子下边寻找什么。这样一个挥金如土的人会寻找什么呢?什么会使他细心寻找呢?长须汉子已经把眉头紧紧皱起了。似乎真是发愁了。什么事情会让这个挥金如土的汉子发愁呢?

眼尖的小二已经悄悄告诉了老板,老板慌慌地跑上楼来,拱手问：“敢问大爷有什么事情，可说与小店，小店一定尽力。”老板的声音十分小心，他唯恐有什么地方做得不周到，得罪了这位挥金如土的顾客。

长须汉子闷闷地说一声：“你帮不上的。我丢失了一块玉佩。”

店老板心里火烫般地一惊，暗想这位大爷是不是要讹上了。店老板的脸就白了，眼睛僵僵地看着长须汉子。

长须汉子一看老板脸色，便知道店老板误会了，忙笑道：“此事与你无关，或者我遗失到别的什么地方了。我只是记不起了。”

店老板大大松了一口气：“敢问大爷，是一件什么样的玉佩？”

长须汉子长叹一声：“倒不是一块什么值钱的玉佩，只是祖上几辈传下来的，便显得宝贵些了。若送到当铺，或者说值十两银子，或者也不值这么多，但是祖上留下的，便是不好丢失了。”说罢，一脸的沮丧。

店老板笑道：“我与大爷留意些，如打听到谁捡到了，便让他给大爷送去。”

长须汉子摇头苦笑：“怕是不容易，如果被哪一个爱小的捡到，便不容易璧还了。”

店老板一时闷住，不知道如何开导这位大爷，看长须汉子的表情，真是犯愁了。世上的物件所值，本无定价。你看上去不值，到了张三手上，连城也是它。如果放到李四手上，一文钱便也是不取的。一块普通的玉佩，或许真是长须汉子的传家之物。

长须汉子想了想：“店家，请把笔墨纸砚拿来一用。”

店老板不知汉子有何用，也不敢多问，就喊小二取文房四宝上楼。小二端着笔墨纸砚飞快地上楼来了。

汉子喃喃道：“我还是留下一张文告的好。凡捡到者，某愿出一万两银子。重赏之下，或许有望。"说着，一挥而就，写了文告。

店老板真是呆若木鸡般了：何等物件，如此值一万两银子。呆呆地看汉子写毕，老板忙双手接过文告。只听汉子吩咐道："贴到店门前便是了。"

这张文告便贴到了得意酒楼的门前。

长须汉子扬长去了，他身后是一片惊得目瞪口呆的酒客，围定文告呆看。谁也没有注意到，这群酒客中，有一个年轻漂亮的书生，他正在用一种诧异的目光盯着远去的长须汉子。年轻的书生，突然露出一丝微笑。

年轻漂亮的书生让人注目，他的微笑则意味深长。

第二天，长须汉子又来饮酒，问店家有无消息。店家说还没有。又隔一日，汉子又来看过，仍无有消息。长须汉子说要去东京办事，留下一百两银子给了店老板作为感谢，请老板帮助留心。

长须汉子愁眉不展地告辞走了。

那个年轻的书生似笑非笑地望着长须汉子的背影。

这一日中午，得意酒楼大步进来了一个中年汉子。汉子七尺身高，一脸浓密的胡须，两眼精光暴射，吵吵嚷嚷进了店里，也不饮酒，直奔了柜台，大声寻问贴文告的汉子在哪里。

店老板听到，便迎上来，施一礼问道："客官找哪个？"

这汉子打量了一眼老板，鼻子里哼一声："我只是要找这贴文告的。"

店老板问："你找他做什么？"

这时，已经围上来一群酒客观看。

中年汉子说："我捡到了那值一万两银子的玉佩。"说罢，就掏出一块玉佩放在柜上，目光亮亮地看着老板。

老板拿起，细细地验过，果然是一个写着如意百年的玉佩，如同长须汉说的那块玉佩特征一样，毫无二致。老板心中大喜，脸上却不动声色地讲："客官有所不知，那遗失玉佩的大爷小在，需要等上几日才行。"

那中年汉子不耐烦地说："如何这般麻烦，不给了。我还要赶路。"说罢，抄起桌上的玉佩便要走。

老板惊得心慌，忙上前一把扯住汉子："莫急，莫急。这位兄长，咱们细细商量一下如何？"又转身喊小二上茶。

中年汉子与老板在一张桌前相对坐下。

中年汉子想了想，对老板说："不如你先给我些银子，你再送还给他吧。"

老板皱眉，似乎有些犹豫。

这时，酒客中那些看热闹的就开始议论。那个年轻漂亮的书生从中走出来，朝中年男子笑道："不如这样，我给你些金银，这块玉佩我收下了。"

中年汉子一怔，看看这年轻的书生："你？"

书生笑道："你莫要轻看我。"就掏出一沓银票举在空中。

酒客们发出惊呼，书生手中的银票至少也有上千两。

中年汉子笑道："这位小爷肯出多少？"

书生莞尔一笑："你肯要多少？"

中年汉子笑道："你不怕我奇货已居，便会漫天索价？"

书生摇头一笑："即使你开出天价，我也可就地还钱。"

中年汉子点头："好说，你我不妨商量商量。"

书生笑道："好说。"也坐在了中年汉子的旁边。

老板已经听得心焦，他忙对书生和中年汉子道："二位有所不知，这件事情是那客官托付于我的，自然要由我来处置。"说罢，就朝中年汉子拱手道："这块玉佩，我暂且替那客官收下。不知道这位爷要多少钱？"

中年汉子笑道："我还识得几个字，那文告上写得清楚，一万两银子嘛！"

老板忙赔笑道："小店并没有那么许多。还望少收一些。"

中年汉子摇头："不可。那文告上写得可是真切，分文少不得的。"

老板道："你急着赶路，本店又无许多，还望少收。"

中年汉子的目光似乎犹豫，但嘴上却硬："如何少收，我定是不能吃亏的。"

于是，二人讨价还价，老板花掉了五千两银子，几乎用掉了所有的积蓄买下这块玉佩。中年汉子很不情愿地拿着五千两银子的银票走了。

酒客们也哄地四下散了。有人忌妒地说："怎地这老板真是走了财运，直是掉进了黄金洞里了。"

店老板安心等那个长须汉子。老板心里很是快乐，他一厢情愿地相信，这只玉佩将会换回来一万两银子。

老板当然是上当了，这一当上得极惨，他至少要关张了店铺，还要搭上一些钱财。长须汉子再也没有露面。望眼欲穿的老板，几乎后悔得肠子都青了。据说这个老板极是精明，从没有吃过哑巴亏，何况是这样大的一个哑巴亏呢。从来都是老板算计酒客，怎么会让酒客算计了老板呢？但是，事情总有例外，有时酒客会盯上老板的。

看到这里，耳菜想起一句老话，叫作天上掉馅饼。其实天上永远不会掉馅饼，天上常常掉陷阱，而人们常常把陷阱当作馅饼。于是，一厢情愿，总会有人上当。

自古至今，无论在什么地方什么事情里上当，当事人所犯下的错误永远只有一个字：贪。

壹

也许就在店老板惊呼上当、捶胸顿足之时，长须汉子已经走在了东京城里的玉石街上，他走进了玉石街的一家名叫万兴客栈的店，长须汉子进了客栈，径直进了他的房间，他一进门便摘掉了假须。分明是一个年轻英俊的武生。

他是白玉堂。

房间里摆着一张酒桌，桌上有几碟小菜和一坛已经打开的酒，满屋子里飘动着酒香。那个捡到玉佩的中年汉子正在饮酒。白玉堂微笑着看看中年汉子，便在对面坐下，自取一只酒杯，倒满了。他没有说话，先自饮了一杯。

中年汉子笑嘻嘻看着白玉堂。这人名叫秦子林，是白玉堂当年做杀手时交下的生死朋友。他与白玉堂联袂演这一出捡玉佩的戏剧，也就不足为奇了。

白玉堂笑道："子林兄，你如何知道这样一家客栈？果然环境幽雅，你若不讲，我还真不知道有这样一个客栈呢。"

秦子林笑道："这是一个朋友介绍来此的。我过去也不知道。"

白玉堂笑道："我已经几年不来东京，想不到东京变得如此繁华了，我还听说东京城里出了许多富豪，有一个叫田仿晓的是大大的有名，据说他家在东京城里开了许多买卖。"

秦子林一笑："现在大宋与辽国已经停战，国泰民安，东京城里自然是一派繁华。出几个富豪便也在情理之中。你刚刚说的那个田仿晓，当属东京城里第一富豪。"

白玉堂笑道："有钱是一件好事。钱会给人带来许多快乐。"

秦子林也笑道："像你这样挥金如土自然也是一件好事，也会给你带来许多快乐。"

店家推门进来，他又端进一坛酒和几碟小菜。这是白玉堂刚刚进店时让上的。店家躬身退出。秦子林举起一杯酒，笑道："玉堂弟，得意酒楼那个贪财的老板，现在必是肉痛得捶胸顿足呢。我这一杯酒姑且算作是伤心酒，替他饮了吧。"他仰头饮了，然后哈哈笑了。

白玉堂鄙弃地一笑："这等人物，活该是如此了。他设赌局抢人家张姓的酒楼，这一次要赔一个底掉了。"也饮了一杯。

秦子林点头："真是活该了。"说罢，又斟了一杯。

白玉堂笑道："不过，我看过几日，真是有些喜欢上'得意酒楼'那四个颜体字了。也许真是颜真卿的墨宝啊。"

秦子林笑道："玉堂弟，你可算得上江湖上罕见的才子了，诗琴字画，样样了得啊。我是一个粗人，与你结为兄弟，真是有些高攀了。"

白玉堂哈哈笑了："子林兄，你何必如此取笑玉堂呢。"他起身出门喊店家，"店家，喊那张姓的老者进来。"

店家在门外答应一声便去了，不一刻，便引来一个布衣老者。那老者见了白玉堂，倒身便要跪下，白玉堂忙将他搀住。他便是得意酒楼原来的老板，因为嗜赌，入了人家的套子，将酒店输与姓冯的了。

老者长叹道："多谢二位恩公，如若不是二位相助，那酒楼必是姓他冯家的姓了，我将如何去见祖宗啊？"

秦子林取出那五千两银子的银票，递与那老者，叮嘱道："日后切莫再赌了。财大者，气不可太粗，得意时，形不可忘记。"

老者连声道："记下了，真是记下了。"话说着，却不接那五千两银票。

白玉堂愣住："老丈何意？"

老者道："此店夺回，我已经感激不尽，只是这酒店本也不值这许多银子。我想二位留下一半，也算小老儿孝敬……"

白玉堂突然冷笑："你以为我们是贪财的人吗？"他的目光里已经露出了凶气。

老者呆住。

屋中的空气立时十分紧张了。

秦子林淡然笑道："张老板，你快些走吧。这位先生如若贪财，这银票岂能给你。"

老者长叹一声，重重地看了白玉堂一眼，目光十分复杂。他深深揖了一礼，出门走了。白玉堂目送老者出门，心念一动，目光有些怅然失落。

秦子林感慨道："玉堂弟，你果然是一个光明磊落之人，这五千两银子，竟是不动心。"

白玉堂摇头笑了："钱这东西，可成人之美，锦上添花是它。惹事的根苗，万恶之源也是它。想我……"他突然不再说，他想起了韩彰和张子扬的事情，心中有了些旧日的伤痛。他转开话题，问道："子林兄，你已经很少在江湖上露面，如何重现江湖了呢？"

秦子林淡淡一笑："我只是隐身时间长了，情绪沉闷得很，出来走走，散散心而已。"

白玉堂笑道："你来东京就应该去竹子街住宿，如何住起客栈来了，岂不怪事？"竹子街有秦子林的住宅，秦子林不回家，反而住店，当然让白玉堂不解。

秦子林摆手笑道："小女秦莲刚刚完婚，与我那爱婿季明扬正是情意浓深之时，我岂能去打扰人家的欢乐呢？孩子们当面不会说些什么，背后要说我不长眼力了。"

白玉堂点头，突然问道："兄长，可否听说过一个叫归景东的英雄好汉？"

秦子林一愣，笑道："此人你也听说了。"

白玉堂点头："现在江湖上已经传得沸沸扬扬，传说此人武功已经出神入化。即使南北二侠联手，也未必是他的对手。我不曾想到，江湖会出现这等英雄人物，我只是无缘得见。"

秦子林道："我也听说此人武功深不可测。传说此人是当年归景西的同胞兄弟。其他就不得而知了。"

白玉堂怔道："归景西的胞弟？"

秦子林道："江湖上都是这样传说，详情我也不大清楚。"

白玉堂点点头，哦了一声："是吗？想不到归景西会有这样一个兄弟。"

归景西是十几年前横行江湖的一位英雄。他出山之时，正值黄河四魔横行江湖，滥杀无辜。南北二侠联手去战黄河四魔，也只是打了一个平手而已。黄河四魔由此更加横行无忌。归景西与这四个魔头这一战极为惨烈，归景西终将黄河四魔杀死。归景西此战被江湖中人激赏至极。后归景西不知所终。归景西如日中天之时，白玉堂尚未出道。白玉堂知道的归景西，也只限于这些材料，他从未听说过归景西有一个名叫归景东的胞弟。

白玉堂又问："子林兄，近日我在街中闲走，听人传言，这个归景东现在投到了六皇子门下？"

秦子林摇摇头："我从未听说。"

白玉堂哦了一声，沉默下来。

秦子林转开了话题，问道："贤弟此次到东京来做甚？莫非与这个归景东有关系？"

白玉堂摇头一笑："并无关系，我只是随口问问罢了。"说罢，又皱眉道："我此次来东京，是大哥卢方飞鸽传书，让我来帮他们捉一个名叫飞天蜈蚣的江洋大盗。"

秦子林点头："是有飞天蜈蚣这样一个人物，听说最近在东京闹得声势很大，皇上已经下令缉拿此人了。玉堂弟，你人在江湖，心却还是在公门啊。想不到你还能千里迢迢跑来，为朝廷分忧啊。"秦子林的语调里有了些许讥讽之意。

白玉堂摇摇头："子林兄，你错怪小弟了，玉堂从不过问公门之事。我只是却不开卢大哥的情面。"

秦子林笑了："我一句玩笑，你何必当真呢？我只是羡慕卢方有你这样一个好兄弟啊。你见到卢方了？"

白玉堂苦笑一声："这正是我奇怪之处，卢大哥催我快快来东京，我来东京之后，他却又不见我。我已经在这家客栈里闲住了十几天了。这才有了得意酒楼的这一个闲笔。顺手帮了那张老板一回。"

秦子林点头："卢方此举，确有些奇怪。"

白玉堂道:"我大哥从不是这般迟疑的人。如此说来,其中必有隐情了。我想这次传书有假。"

秦子林一怔:"你是说这书并不是卢义士所传。"

"是的。"

"那又是何人所为呢?"

"我现在还不知晓,我去了他家两次,他只是一味让我快快离开东京。我问他如何传书给我,他支吾搪塞,也解释不清。看他那惊慌的神色,的确让人奇怪。卢大哥从不是怕事之人啊。"

秦子林疑道:"哦?此事倒是有些奇怪了。"他看着白玉堂,似乎等着白玉堂再说些什么。

白玉堂却突然打一个长长的哈欠,他笑道:"子林兄,我真是有些困倦了。"

秦子林奇怪地看着白玉堂,刚刚要说什么,白玉堂却给他使了个眼色。秦子林突然明白了,白玉堂已经感觉到窗外有人。

秦子林挺身站起,刚刚要说话,忽听窗外响起一阵清脆的笑声:"二位演的好戏。一块玉佩,莫非定要人家店主赔尽钱财倾家荡产才是?得饶人处且饶人,那店家纵有千般不是,二位也过于歹毒了一些。"

秦子林看了一眼白玉堂,他有些脸红,不承想自己跟白玉堂的所作所为,竟被人识破。秦子林有些懊丧。

白玉堂突然笑了,大声道:"何方朋友,何不进屋来坐。房门并没有上锁。"

窗外那人笑道:"秋高气爽,二位何不出来说话。"那人明显不想进来。

白玉堂看看秦子林。秦子林点点头,二人开门走出去。他们已经听出窗外就一个人。依他二人的身手，是不会在乎任何一个人的。

窗外，月光如清水般泼了满地。在得意酒楼遇到的那个年轻漂亮的书生正站在窗下。书生手持一把扇子，这扇子在这秋天已经不合时宜。书生这扇子似乎只是一个装饰，使这个书生平添了不少文气。但白玉堂和秦子林都看出，这扇子其实是一件杀人的武器。

文质彬彬的一把扇子，竟是隐藏了可怕的杀机。

秦子林认出这书生正是在得意酒楼里那个年轻漂亮的书生，不禁笑了："我刚刚已经听出是你了。不知道阁下来此何干？"

书生也笑道："若不是我帮腔作势，恐怕那个老板也不会轻易出手那五千两银子。"他的扇子护在胸前。

秦子林拱手笑道："那就多谢了。"

书生笑道："谢倒不必，只是我猜想那笔银子落入你二人之手，岂不是要独吞了不成。按照江湖中的道理，应该是另有一个说法。"

白玉堂盯住书生，稳稳地问一句："依你之见，又该如何一个说法？"

书生笑道："我们三人应该是三一三十一才合情理。"

秦子林哈哈笑了："原来是黑吃黑啊？"

白玉堂冷笑一声："主意不错，不过，如果我们不答应呢？你岂不是一厢情愿？"他的脸上已经有了杀气。

书生微微笑了："那我只好作罢。"

秦子林和白玉堂相视一愣，没有想到这书生竟会说出软话。

书生笑道："因为你们是两个人。"

秦子林摆手道："这个你倒不必担心，我们不会以多欺少，你可以跟我们中间任何一个单打独斗。"

书生笑道："那我也胜算不多。"

秦子林和白玉堂静静地看着这个奇怪的书生，他们不知道这个书生想做什么。

书生笑道："我若跟大侠秦子林或者锦毛鼠白玉堂争夺他们已经到手的银子，岂不是与虎谋皮吗？在下还不肯做这样无望的事情。"

白玉堂和秦子林心中一凛，他们没有想到，他们的名字会被这个书生点破。

书生很是得意地看着这二人。

白玉堂突然笑了，说了一句："我们也不好出手。"

书生微笑道："为什么？"

白玉堂笑了："因为我们两个人谁也不会对一个女扮男装的人出手。"

书生大窘，用扇子一指白玉堂："你如何这样说？"

白玉堂笑道："因为现在确实如此。"

书生显得十分沮丧："你是如何看出的？"

未及白玉堂答话，书生却猛地转身纵出院子，无影无踪了。

白玉堂禁不住赞一句："端的好轻功啊。"

秦子林愣了一下，转身问白玉堂："玉堂，你是如何看出她竟是女扮男装？"

白玉堂笑道："其实，她刚刚说话时，我就已经看出了。她一直用扇子遮住咽喉，这是其一；其二，她说话时拿腔作调。"

秦子林笑了："精明过人的白玉堂啊。"

白玉堂叹气:"其实你也早看破了,只是你不说,把一个聪明的关子卖给了我。子林兄,你才是大智若愚大巧若拙啊。"

秦子林一下子窘住。忽又笑了:"玉堂啊,你果然是一个鬼精啊。"

白玉堂突然问道:"子林兄,我相信你一定知道刚刚此人来历。"

秦子林道:"我还可说出她的姓名。"

白玉堂惊疑地看着秦子林:"哦?"

秦子林突然笑了:"算了,其实你早已经猜出她是谁了?"

行文至此,耳菜希望读者要注意一下秦子林这个人。谈歌后边还要写到他,精明无比的秦子林,的确是本书不可或缺的一个人物。

白玉堂爽然笑了。

贰

秋风阵阵,万里无云。今日是一个极好的天气,耀眼的太阳高高地悬在天上。东京城里的石板路都被秋阳烤得酥酥的了。在这样一个季节里,人们的心情应该是舒畅的。

现在,有四个便装的汉子在暖酥酥的石板路上走着。他们的目光却冰冷,冰冷得像饿鹰寻找猎物一般四下盯看着,他们虽然身着便装，却不是寻常百姓，他们是开封府里四个声名显赫的捕快：王朝、马汉、张龙、赵虎。只是他们现在的心情并不舒畅，或者说，他们已经不舒畅了很多日子了。有句俗话，只看官差威风，不见官差头痛。其实做官差并不是一件容易的事情，上司的白眼、训斥，甚至责罚，你都要领受。稍不留意，你可能就被上司砸了饭碗。

四个声名赫赫的捕快走在秋风习习的东京街道上。他们并不是闲逛，或者说，他们这一行当是没有闲逛的时间的。他们是奉了新任开封府尹梁月理大人的命令前去缉拿两个江洋大盗：飞天蜈蚣和散花仙女。他们的心中涌动着杀机。自古以来，捕快是一个时刻充满了危险的职业。捕快的对手，都是些杀人不眨眼的匪盗。捕快们随时都面临着两种可能，即或者捕获到对手，或者被对手夺去性命。这是一种生死一线高度危险的职业。

经营了开封府十几年的知府包拯去年已经离任了。铁打的衙门流水的官。这是官场中人的无奈。现在换作了梁月理做开封知府。梁月理原是南阳太守，后调兵部参事。调任开封府是包拯的举荐。包大人举荐梁月理来做开封知府，看似为朝廷重用，直却是把梁月理推到了一个火炉上来烤了。梁月理上任三个月来，就遇到了飞天蜈蚣和散花仙女这两个案子。也许梁月理已经后悔了，他在南阳太守的位置上，从来都是按部就班地工作。在兵部参事的位置上，也是一个可有可无的配角，清闲而且自在。而开封府里，竟是整天在乱糟糟的案件中绞尽脑汁。

包拯去任了，也许现在已经无官一身轻的包拯正在家乡的田野里闲闲地散步呢。

公孙策先生也走了，也许除却能与包拯共事，旁人他是不愿意侍候的。也许现在仍旧心高气傲的公孙策先生正在江湖上云游呢。

而王朝、马汉、张龙、赵虎还在开封府当差。

展昭、卢方、徐庆、蒋平也还在开封府当差。

这一干差人也像忠诚于包大人一样，忠于梁大人。

或者说，不管是包大人还是梁大人做开封知府，捕快们都要忠于职守，因为开封府永远是一个麻烦事情层出不穷的地方。不认真工作，或者不肯付出辛苦的人，绝对做不好开封府的事情。开封府是一个需要认真工作，不许可有一点疏漏的地方。生死一线之间，谁敢稍有怠慢？

现在，梁月理大人已经感觉自己有些心神疲惫不堪了。差人们都看到了，还不到十几天的时间，梁大人已经连连几次被皇上召进宫去密谈。每次梁月理从皇上那里回来，都是愁眉不展的样子。显然，皇上总是交给他一些不好处理的难题。但是梁大人从来不说，捕快们也不便问。也许他们都知道，他们现在还不能与梁大人交心。或者说，梁大人还不愿意与他们交心。

昨天下午，梁大人从皇上那里回来，就通红着两眼立刻升堂，看得出这些日子梁大人一定经常失眠。梁大人派展昭、卢方、徐庆、蒋平等人，立刻缉拿飞天蜈蚣的同党、一个名叫散花仙女的大盗。此盗闯进皇宫作下一起大案，盗走了皇上一把宝剑。这不是一把普通的宝剑，而是当年太祖传下来的一把宝剑。这起案子，闹得庄严肃穆的皇宫竟似鸡飞狗跳，简直像一个热闹的集市了。

这个散花仙女真正是猖狂至极。更为嚣张的是，此人作案之后，竟敢在皇宫留下姓名。一个飞天蜈蚣已经很热闹了，如何又加上一个散花仙女呢？展昭们已经感觉到了身心的疲惫。梁大人告诉捕快们，皇上已经怒气冲天了，一个江湖盗贼，竟然闯宫如履平地。这已经成了天大的笑话。皇上限开封府五天之内拿住这个大盗、缴回丢失的宝剑。皇上还出动了禁军太尉陆晨明大人统领千余名禁军在城中日夜巡查。

当然，护卫们和捕快们知道的就是这些情况。一定还有许多护卫们和捕快们不知道的情况，梁大人是不便讲的。梁大人只要他们尽快缉拿飞天蜈蚣和散花仙女归案。

缉拿飞天蜈蚣，梁月理大人命令王朝、马汉、张龙、赵虎四人负责。

缉拿散花仙女，由展昭、卢方、徐庆、蒋平负责。

今天一早，有眼线通报，今日午前飞天蜈蚣将出现在紫石街上，与某人接头。这某人很有可能就是散花仙女。这眼线是开封府使用多年的一个名叫张大的市井泼皮，此人在东京居住多年，耳目灵通得很，总有一些重要消息报来，此番看来也不会错。王朝、马汉、张龙、赵虎便化装到了紫石街。展昭、卢方、徐庆、蒋平紧随其后。此事现在是绝密，不敢走露半点风声，四名捕快内心已经是十分紧张了。

街上的贩子们叫卖声此起彼伏。各家商号店铺都大开着门板，赔着一张永远生动的笑脸，候着主顾们的到来。赚钱，永远是东京市民的第一目标。如果没有钱可赚，东京市民是连一天也活不下去的。应该说，是东京市民们赚钱的冲动，促成了东京城的繁荣。繁荣的背后，是金钱源源地滚动。金钱的背后，却常常是罪恶的发生。

四个名捕已经转了两个时辰，线人张大还没有露面。临近中午，捕快们的肚子开始饿了。前边就是得月楼。这是一个饭菜都做得十分可口的酒楼。闲暇时，开封府的捕快们常常来这里吃酒。王朝笑道："今日上得月楼吃一席，我来请客。"

马汉看一眼得月楼，苦笑道："王朝兄，公务当急，却是吃不得酒的。"

张龙笑道："马兄今日如何这般怯了。那是包大人定下的规矩。今日开封府是梁大人做主，不必萧规曹随了。"

赵虎似乎也饿得急了，也匆匆道："张兄讲得极是。上楼上楼。"他第一个进了得月楼。

马汉不好再说什么，也跟着赵虎进去了。

四个化了装的捕快走上了得月楼，线人张大还没有出现。

得月楼是东京城里一家豪华的酒店，它是东京城里最大的富商田仿晓开的生意。田仿晓到底有多少钱，东京城里没有人知道，但是，田仿晓与当今圣上的交情，却是人人皆知的。田仿晓与开封府的关系也一直很好，所以，开封府的差人便常常来这里吃酒。店家已经与开封府的捕头们熟稔得很了。

店小二笑脸迎上，把四个捕快引到一张桌前，四人坐下。王朝点了几道小菜和一坛老酒。几道小菜很快就端了上来，另有一个胖胖的店小二抱过一坛酒来。酒坛嘭地开封，酒香四溢出来，登时飘满了屋子。

马汉禁不住称赞了一声："好酒。"

胖胖的店家小二抱起酒坛倒满了四只大碗。

王朝张龙赵虎端起酒碗饮了下去。王朝第一个叫起来："果然好酒。"桌上却有一只碗没有动。王朝去看，看到马汉并不饮酒，他奇怪地看着马汉："马兄，你为何不饮？"在王朝的印象中，马汉从来都是豪饮的。今天马汉有些反常。

马汉摆摆手："我今日不想饮。"

张龙哈哈笑起来："今日马兄真是怪了，这些酒果然是香，即使是毒酒，也禁不住让人饮。"

马汉摇头："今日公务在身，我是不想饮的。"说罢，皱眉不再说话，似乎满腹心事。

张龙笑道："我刚刚说过，你那是包大人的规矩。现在梁大人是不管这些的。再说，我们已经紧张忙碌了几日。今日无论如何也要痛饮一番。"

赵虎和王朝连声附和。

一坛酒顷刻被三人饮尽。

店小二又端上来一坛酒，马汉连连摆手道："不饮了，不饮了。"

店小二的脸上堆满了笑："是一位客官让我送给各位的。"

四个人一愣，转身去看。

一阵楼梯响，楼梯上已经走上来了一个中年汉子。此人大高的个子，青色短衫，脚蹬麻鞋，一副风尘仆仆的样子。汉子朝四人笑道："酒是我送的。"

张龙似乎已经有了一些酒意，他骂道："张大，你这混账，如何还没有见到疑犯的动静，莫非你哄骗我们不成？"

这汉子正是张大。张大笑道："我哪里知道什么飞天蜈蚣和散花仙女，只是与开封府开了一个玩笑。饮酒，这酒真是不错。"

四人面面相觑，目光中露出杀气，王朝骂道："张大，你敢戏弄我们？"

张大哈哈笑了："你们一定奇怪散花仙女和飞天蜈蚣没有露

面吧？"

马汉点头："是的，我们的确很奇怪。"

张大说："因为我张大就是飞天蜈蚣。"

四个捕快立刻站起身来，他们的手已经把腰里的刀剑拔了出来。邻桌的餐客们惊得起身散去了。

张大笑道："莫慌，我既然来了，就是要随你们去投案的。咱们先喝几碗酒如何？"

张大坐下饮酒。一连三碗酒下去了，他仍然微笑着。

马汉和张龙拿出锁链，哗啦一声响，就往飞天蜈蚣的身上去套。

王朝的脸上突然起了异样的变化，他的脸色开始苍白，而且张龙赵虎的脸上也开始苍白，他们三个人互相看着，眼睛里都有了一种恐惧的神色。三人几乎是同时痛苦地叫了一声，就弯下腰去，跌倒在地上了。

张大也惊住了。他看看倒下去的三个捕快，他的脸色变了，他一指酒坛："这……"说着，他也痛苦地变颜变色地跌倒了。

王朝从地上挣扎着抬头看看马汉，大声笑道："真是……好酒……好……酒啊……"他就伏在了地上。

马汉吃惊地看着这几个人先后倒下去，自己也仿佛变得要跌倒了，这变化实在太可怕了。

楼梯一阵乱响，马汉醒过神来，抬头一看，竟是展昭、卢方、徐庆、蒋平冲上楼来。他们同样惊呆了，他们用疑惑的目光看着马汉，他们的目光里似乎有一把刀，直劈着马汉的心脏：马汉似乎没有什么悲伤的样子。王朝、张龙、赵虎都是他共事多年的朋友，他为什么一点悲伤的样子都没有呢？

卢方走过去，弯腰看看躺倒的四个人。他盯住那个躺倒的张大，张大以微弱的声音说："我是飞天蜈蚣。"

卢方大叫起来："飞天蜈蚣？"上前一把撕去了张大的假面，这汉子竟是一个干瘦的青年人。

展昭、徐庆、蒋平过来看，展昭疑道："他如何不是张大？他如何自称是飞天蜈蚣？"

卢方看着倒在地上的王朝、张龙、赵虎，皱眉问马汉："他们是怎么回事？"

马汉道："他们饮酒了。"

展昭问："你没有饮酒？"

马汉摇头："我滴酒未沾。"

徐庆冷笑道："你一向豪饮的。我记忆中，你常常是逢酒必饮，逢饮必醉啊。"

蒋平皱眉问道："马兄，我知道你一向饮酒爽快，而且常常独饮，为什么今天却不饮呢？我还知道，你们兄弟四人中，你的酒量最大。"

马汉点头："你们说得都对。但是我今天的确不想饮酒。"

蒋平温和地问马汉："你为什么没有饮呢？"

马汉不再回答，他呆呆地站着，目光空空茫茫地看着众人，他猛地转身，向楼下奔去，展昭一怔，旋即追下去，卢方、徐庆、蒋平也跟下去，展昭已经拦在了店门前。

而马汉却没有要逃走的意思，他夺路奔进了灶房。他呆住了，灶房里已经空无一人。刚刚上酒的胖胖的店小二已经倒在了地上。他胖胖的脸上挂着僵硬的微笑。

他当然不是醉倒的。

他是被人杀倒的，已经不会再说话。

他不再说话因为他现在已经是一个死人。死人自然是不会再说话了。

店小二胸前一把钢刀，几乎穿透了胸膛。好狠的手法，凶手一定是在店小二毫无防范中下杀手的。否则，店小二那一脸的笑容便不好解释。

众人全惊呆了。

马汉转过身来，他苍白的脸上沁出一层冷汗，缓缓地说："我不知道为什么会发生这种事情？我真的什么也不知道啊。"他的声音里充满了惊愕。

众人不说话，似乎问题已经有了答案。而且只有一个答案，即马汉收买了店小二，店小二下毒毒死了王朝、张龙、赵虎和飞天蜈蚣，而店小二又被人杀掉灭口了。

展昭冷冷地问："马汉，今天应该是你下的毒。"他说得很肯定。

众人把目光盯住马汉。

马汉道："我没有下毒。"回答得也很肯定。

卢方问："那你今天为什么没有喝酒？"

马汉皱眉道："我今天实在不想喝酒。"他感觉自己这个理由说得确实软弱无力。因为，这实在不是理由。谁都知道马汉是逢酒必喝的人。他今天没有喝酒，当然要奇怪得让人生疑了。

突然，店外响起一阵笑声。这笑声有很大的劲道，众人听出这个发笑的人内力的深厚。众人只觉得耳膜被震得轰轰作响。那人笑道："马汉，你若不走，更待何时？"话音刚落，寒光一片，门外打进无数暗器，暗器朝着展昭、卢方、徐庆、蒋平袭来。四人忙着躲避，马汉怔了一下，似乎想起了什么，他猛然夺门而出，站在门口的卢方、蒋平慌地上前拦他，却不防马汉跑得凶猛，眼睁睁看马汉纵出店门。展昭飞身过来，门外却又击来一串飞镖。展昭忙闪身，一念之间，马汉已经冲出去了。

展昭冲出门去，只见马汉已经上了一匹快马，旋风般去了。那个刚刚发暗器的人也无影无踪了。

展昭回到店内，卢方艰难地一笑："与马汉在开封府共事多年，不承想他有如此好的身手。"

展昭沮丧道："只是枉送了王朝几个兄弟的性命。"

蒋平道："不必着急。我刚刚已经看过，他们中的是屠龙毒。这种毒虽然说厉害，但并非无药可解。"

展昭疑道："如何解得？"

蒋平笑道："我相信卢大哥的身上肯定有解药。"

卢方点头道："韩彰兄弟走时曾给了我许多解药，只是不知道是哪一种。"他从怀中掏出几个药瓶，交给了蒋平。蒋平接过看了，挑出一个。

蒋平、展昭、徐庆走上楼去，展昭突然上前锁了飞天蜈蚣。蒋平有些惊讶：展昭锁飞天蜈蚣为何？

飞天蜈蚣一动不动。

展昭为什么要锁飞天蜈蚣呢？他已经是一个中毒很深的人了。锁一个必死的人有什么意义呢？众人看着展昭。

展昭似乎看出了大家的疑问，他冷声一笑："他没有中毒。"

卢方也笑笑："展护卫说得对，他的确没有中毒。"

展昭又说了一句："他也不是飞天蜈蚣。"

众人呆住，这人不是飞天蜈蚣，为什么要冒充飞天蜈蚣呢？

他为什么喝了几碗酒，而没有中毒呢？答案很清楚，他送进来的那坛酒是没有下毒的。但是他为什么也要装作中毒的样子呢？

徐庆性急地上前揪住这个人，怒声喝道："你到底是谁？"

突然窗外有人影一闪，众人稍一分神，只听这个冒充的飞天蜈蚣大叫一声，当下毙命了。他当胸已经中了一支镖。

卢方大叫一声，也随声纵了出去。

"哪里逃？"蒋平也追了出去。

展昭对徐庆道："你且看住他们几个。我去帮卢护卫和蒋护卫。"

展昭纵身蹿出酒店，到了门外，他却再也拔不动步子。

地上躺着卢方和蒋平。二人都已经负伤，都中了暗器，有鲜血从他们的胸前汩汩地流了出来。

卢方艰难地说："是……"

是什么？卢方再也说不下去，头一歪，昏过去了。

展昭急忙喊徐庆过来搀扶卢方与蒋平。

街上一阵乱乱的脚步响，酒楼里已经冲进来了许多开封府的捕快。他们急忙把卢方和蒋平抬走了。又有几个捕快上楼去抬王朝、张龙、赵虎几个。展昭陷入了沉思，是马汉下的毒吗？问题现在不管是不是马汉下的毒，展昭已经认定是马汉所为了。所谓瓜田李下，马汉便是难脱干系了。

读到此处，耳莱慨然长叹。由此想到了世间许多冤狱。

叁

白玉堂已经在东京城里转了三天，他知道了一件刚刚发生的大事。马汉在得月楼下毒，险些害死了王朝、赵虎、张龙。卢方和蒋平追捕马汉时，反被人击伤。白玉堂惊得目瞪口呆，他简直想不明白开封府如何会发生这种变故。

白玉堂快快不乐地回到万兴客栈。

秦子林正在屋中枯坐，酒菜已经摆在了桌上，他在等白玉堂回来吃饭。见白玉堂进了门，秦子林打开了酒坛，满屋子飘着酒香。白玉堂坐在桌前，却没有兴致。

白玉堂失意的神色被秦子林察觉。秦子林皱眉问："贤弟如何这般沮丧？"

白玉堂叹道："好让我心闷。"就说了马汉之事。

秦子林听罢，长叹一声："那马汉一向声名很好，他如何会做出这种事情呢？卢方和蒋平现在如何？"

白玉堂叹道："他们与王朝、张龙、赵虎均在开封府养伤，我想明天去探望一下。"

秦子林问道："马汉现在何处？"

白玉堂道："仍在逃匿，踪迹全无。"

秦子林摆摆手说："那马汉纵是三头六臂，也逃不出开封府撒下的天罗地网啊。玉堂弟，你大可放心。如我猜得不错，几日后那马汉就会归案。"

白玉堂点头："话是如此说，东京城里商贾丛丛，人海茫茫，缉拿他便不是一件轻易之举了。而且我担心他已经不在东京了。"

秦子林一怔："你怎知道他已经离开了东京？"

白玉堂道："我只是猜测，如果马汉一人，无人帮助，他能从展昭手下轻易逃走？他定有人帮助。也许，帮助他的人还不是一个。如此说，帮他逃出东京城，也是一件不太麻烦的事情。如果再往深处去想，马汉与飞天蜈蚣散花仙女之流，也不无是同党的可能。"

秦子林摇头笑道："玉堂弟，都说你精细过人，从无疏漏，看来是真的了。你想法太多，思虑也缜密。但是，一个人如果思虑太多，会伤神的。"

白玉堂苦笑一声："子林兄，江湖险恶，防不胜防，你也是知道的。倘若那马汉果然逃出东京，四野茫茫，我们又能到何处去寻他呢？"

秦子林笑道："人过留迹，雁过留声，我不相信马汉会遁身术的。"

白玉堂恍然笑了："我真是愚了，子林兄说得何尝不是。与其四处撒网，莫不如守株待兔。马汉如果是狼狈逃窜出城，必有一些事情料理不爽，定会再回东京的。"

秦子林笑道："我早已经说过，贤弟虽不是公门之人，却怀有公门之意。此事你如何要管呢？"

白玉堂摇头道："我并非管公门之事，你也知道，这里边有我大哥卢方和四哥蒋平的事情。我自然不能袖手旁观了。"

秦子林点头，表示理解，他又问道："此事你打算如何？"

白玉堂饮了一杯酒，起身道："我今日就离开此处，待我查明真相，再来与兄长会面。”

秦子林也饮了一杯，笑道：“我也在东京待不长时间，或许三两日之内，我还要赶到南方去给一个朋友做事情。人在江湖，虚名便是一个累字啊。”

白玉堂轻轻叹口气：“正是如此，玉堂当年在江湖走动，也深有感触，当初我不想再做杀手，原因也在于此。如此说，子林兄何不找一个清静之处歇歇腿脚呢？”白玉堂盯着秦子林已经斑白的头发，心头一阵凄然，他忽然想起，秦子林整整比自己大二十岁呢。白玉堂接着说：“似你这样一个成名的剑客，当然一生都会对自己非常苛刻，苛刻是什么，必是超人的毅力，自制，还有更多的自己寻来的磨难，作为一个剑客成功的原始动力，这些都是必要的，但是如果这样影响你一生，或者说，你把苛刻自己当作一生的信条来坚守，就需要反省了。”说到此处，白玉堂却不再说。

秦子林却似乎听得很感兴趣，他笑道：“想不到玉堂弟还有如此的妙论，讲下去，子林洗耳恭听。”

白玉堂笑道：“苛刻自己，是为了剑术的精进，这种愿望只是你生命中的一部分，更多的时候，这种愿望是在一种说不清楚的巨大压力之下形成，并被无限放大的。应该说，这种苛刻并不是你心中唯一的愿望，长期的剑客生涯，排斥了其他的愿望。比如闲适，比如休息。子林兄，我看得出你脸上的疲倦，也听得出你笑声中的劳顿。你似乎被什么东西左右着，你不快活。你真是应该休息一下了，你应该多给自己一点爱心了。我姑妄言之，还请子林兄三思。好了，我就此告辞。”说到此，白玉堂停住了。秦子林毕竟年长自己许多，且性情孤傲，自己这种教训的言语不好过多。

秦子林久久不语，他点头叹道："玉堂弟，你说得极是，我正想找这样一个地方呢。"说罢，他的眼睛里有了一些闪亮的东西，是泪光。他缓缓站起身："玉堂，我送你出门。"二人起身，走出了客栈。

秦子林送白玉堂来到了街中，月光已经如清水一般泼了满街。真是一个绝好的秋夜！在这样美好的夜晚，真不应该谈一些不愉快的话题的。白玉堂知道自己刚刚的话击中了秦子林心底的某些地方。击中了什么，白玉堂说不清楚。他转移了话题，对秦子林说："子林兄，如果你去江南，那么，你我何时再见呢？"

秦子林笑道："后会自然有期。玉堂弟不必伤感悱恻。"

白玉堂淡然一笑："别离二字，从来都是说得黯然，做得失色啊。大丈夫四海为家，你我皆是如此。子林兄，我就此告辞，你多多珍重了。"白玉堂拱拱手，便纵身去了。

秦子林看白玉堂消失在夜色里了，感慨：几年不见，白玉堂的轻功又精进了许多。想到这里，他心中突然有了一丝忧伤。

秦子林回到客房，开始自斟自饮。

正饮得酣畅，忽听窗外有响动，有人轻轻喊他的名字："秦子林。"这声音的确喊得很轻，如果不是内功十分强大的人，是绝对听不到这喊声的。

秦子林应声道："哪一位，何不现身说话？"

窗外的人笑道："你去六和堂，有人想见你。"说罢，此人便没有了声音。秦子林并没有出去看，他已经听出此人轻功极好。

秦子林心情登时沉重起来，他已经猜到了是谁找他。

秦子林沉思了一下，放下酒杯，出门去了。

肆

夜已深了，街上已经无人行走。一片乌云遮住了月亮，夜色如墨，秦子林奔走如飞，他轻功好，而且在夜中的目力也非常好。他几乎可以看清藏在夜色中的一切东西。这样的目力，如果没有几十年的功夫是绝对练不到这一层的。这已经是炉火纯青的目力。江湖上称作：夜之眼。

六和堂在东京城的南门外。城门已经关闭，但这对于秦子林本不是一件难事。他纵身上了城墙，又跃下去。他奔走在旷野上，闻到了庄稼成熟的气息，突然有了一种愿望，如果自己将来能找一个清静之地，闲情逸致，种些庄稼，真是一件惬意的事情啊。刚刚白玉堂的话，的确触动了他埋藏在心底深处的某些情感。他对江湖中的是是非非已经开始厌倦了。但是他现在还不能走，他还必须办完这最后一件事情。所谓人在江湖，身不由己。真是千真万确。人到了想抽身而退的时候，却又退不得。让人尴尬至极啊。

远远地，已经看到了高耸在山中的六和堂。六和堂是山脚下的一座寺院，据说是在北魏时代所建，曾经香火不断。只是太祖时代，被朝廷征用做了皇家的仓库。从那开始，六和堂中已经没有了僧人。现在六和堂的主人是一个很神秘的人物。秦子林曾来过这里几次，他总感觉六和堂里有一股阴森森的气氛，与主人的身份并不相称。

转眼之间，秦子林已经到了六和堂。

门外有三五名精壮的武士在夜色中游动，显得似精灵一般神秘。

秦子林没有犹豫，他大步跨进门去。

两名武士风一般刮过来，横刀拦住他："什么来处？"

这是一句很奇怪的问话，当然是一句暗语。

秦子林淡淡道："来处来，去处去。"

武士又问："何来何去？"

秦子林答："去得来得。"

两名武士立刻变得恭敬，躬身退到两侧。

秦子林跨进了大殿。

大殿里没有人，秦子林坐在一张椅子上，有一个武士端一杯茶进来，秦子林接过，放在身旁的茶几上。就在他刚刚放下茶杯的时候，一个闷闷的声音在大殿的屏风后边响起来："秦子林，你来了。"

此人的声音略有些沙哑，秦子林听得心头一凛，忙答道："是的，太子，我来了。"

此人似乎听得生气了，他恼怒地问："秦子林，你刚刚喊我什么？"

"我……错了。"秦子林喃喃地说。

此人干干地笑了："你不能喊我什么太子的。我现在只是你的主人。"

"是的。主人。"

"你知道马汉已经逃匿了吗？"

"我已经听说。"

"你知道你现在应该做些什么吗？"

"我……我知道的。"

"那就好。"主人干干地笑了。

主人的笑声很阴。秦子林感觉自己心头泛起一丝冷意。

主人道："你做事一向严谨，如何现在屡屡出错。马汉手中的东西，你什么时候才能拿到？"

秦子林道："马汉已经按计划逃匿，我已派人跟踪。他手上的东西我总要追回的。"

主人又问："你如何不让飞天蜈蚣与散花仙女出手了？他们是不能寂寞的啊。"

"我想现在他们已经惊动了朝野，开封府撒下天罗地网，他们一旦失手，反而会暴露了我们的底细。子林有所顾忌，才让他们蓄势待发的。"

"你不是让一个飞天蜈蚣的替身去迷惑他们了吗？"

"我想他们是不会上当的，此举只是为了扰乱一下他们的视线而已。"

"还有一件事，你如何与那个白玉堂搅到一起了？"

"我与他是旧友，此次与他见面，也是在我的计划之中，他是被开封府的梁月理召来，我也是想打探一下他的底细，了解他此行的目的……"

"你现在无所谓旧友，你现在已经没有了你自己，一切行动都得由我来安排。白玉堂是不会知道事情真相的。"

"属下知道了。"

"我曾经听说白玉堂是世间一个大英雄。或者，你不论用什么办法，把他收买过来便是。这世上不爱钱的人不是很多。如果有人不爱钱，或许只是因为钱少了些。"

秦子林摇头苦笑了："白玉堂便是一个不爱钱的人。便是多少钱，他也是不能收买的。"

"如果这样，杀掉他就是了。"

"杀掉他？"秦子林有些惊愕。

"是的。因为他今后一定会与开封府勾结到一处，将来一定会是我们的死敌。"

"……知道了。"

"你不大情愿？"

"……没有。"

"你可以走了。"主人说。

秦子林退出大堂。

六和堂的大门重重地关上了。

门里门外是两个世界。

门外，一片寂静。秦子林刚刚要拔步，忽听身后有人说一句："主人有令，三日后，你来这里交讫生意。"

秦子林并不回身，他点点头："知道了。"

秦子林走出了六和堂，仰头看看天空，天空一片乌云匆匆地行走，似乎被什么东西追赶。秦子林不禁长叹一声，他的心似乎被什么东西击中了，感觉有血在滴出来，很疼。他无力地摇摇头。

多少年来，一直在江湖上天马行空、独往独来的秦子林，现在如何竟是受制于人呢？

秦子林感觉自己陷进了一个生命的沼泽地里，已经无力挣脱，他知道自己一寸寸地陷落进去，他知道自己的生命中，一定会有灭顶之灾那一天到来的。

伍

开封府今日升堂，差役们表情肃穆，今日升堂与往日有所不同。

梁月理大人换了陆晨明大人。

昨天下午，梁月理大人被皇上革职查办了。

梁月理的被革职非常突然。来开封府传圣旨的李公公私下对展昭说，因为开封府至今还缉拿不到散花仙女和飞天蜈蚣，被盗走的太祖宝剑仍旧没有下落，皇上降罪说梁月理任开封府知府三个月以来，渎职之处甚多，马汉刺伤卢方、蒋平之事，皇上也降罪到梁月理身上。于是，梁月理被革去官职，杖笞一百，发配河东。昨天傍晚，展昭一干差人，眼睁睁地看着梁大人被刑部的几个军士押走了，他是要先去刑部受审。梁大人那有些驼背的身子似乎有些虚弱了，走出开封府门口的时候，竟然晃了晃，险些跌倒，让人能够想起秋风中的枯草。展昭心头寒意顿起，私下感慨，梁大人自掌管开封府以来，可谓尽心尽责，这三个多月以来，疑案迭起，如何就能让梁大人一下子全部破案呢？就算是一时破不了案，梁大人就应该如此判罪吗？展昭现在十分怀念包拯大人了，也许包大人是看透了皇上的翻脸无情，看透了朝廷之中机关重重、步步陷阱，才辞职回乡的啊。展昭低下头，心中慨叹，不禁也有了退隐江湖的念头。

皇上新任命的开封知府名叫陆晨明。陆晨明大人是一个五十多岁的瘦男子。据说，他原是南阳一个举人，后来被皇上看中，选到了朝中，他在朝中已经二十余年了，他先是在朝中做翰林，后来做了禁军太尉。他瘦干干的身体给人一种弱不禁风的样子，两只眼睛茫然无神采，皇上如何会让这样一个稚弱的人来开封府掌印呢？据说陆晨明对开封知府这个位置窥视已久心向往之，今日终于坐上了开封府的椅子，也许是如愿以偿了吧。他身旁站着一个干瘦瘦的男子，四十多岁，两撇山羊须，一双三角眼，总是四下看着，似乎对一切都很留意的样子。后来展昭才知道，此人名叫李之培，曾在吏部尚书王更年大人府上做幕僚，是被陆晨明大人重金招聘到开封府来做师爷的。

对于陆晨明接替梁月理大人，开封府的差人们内心同展昭一样，有些愤愤不平，梁大人接手开封府才不过三个多月，处理事务勤勤恳恳，事无巨细，有时通宵达旦地工作，萧规曹随，可谓真是继承了包大人的作风。皇上如何就突然下令革职了梁大人，而且还发配了。不平归不平，差人们还得按部就班，陆大人升堂后，差人们还得老老实实听令。差人们打量着身材精瘦的陆大人，心里都在揣测，这位陆大人会是怎样的一个人呢？

陆晨明看看堂下的差人们，他的眉头微微皱起，昨天刚刚接到任命，他就得到了开封府传来的坏消息，卢方和蒋平被马汉刺伤，马汉逃匿。陆晨明点过卯，让展昭把昨天的案情经过再叙述一遍。

陆晨明一脸严肃地听了展昭的报告，久久不语。闷了好一刻，他才喃喃道："马汉竟敢下毒害王朝、张龙、赵虎几个，真能让人心头惊出一层冷汗来，看起来，这官府之内行走多年的老捕快们也是信任不得了？"说罢，他看了看现在堂下的展昭、徐庆几个。

展昭心里一冷，陆晨明刚刚的喃喃自语，说明他对开封府的捕快们有些不信任了，也许陆晨明现在也怀疑展昭这些人了。展昭心中有一种失落的情绪像潮水一般漫上来，是啊，马汉这样久经历练的捕头都会向同事下毒，谁又说得准这堂上的差人们日后会有什么反叛的举动呢。也说不定其中某个人会把刀架在他陆某的脖子上呢。身怀利器，杀心自起，这些身怀绝技的捕快们，谁能料定他们日后不会反水逆上呢？想到这里，展昭心头寒气凛凛。他不禁用目光看了徐庆一眼。他对陷空岛五鼠一直心存芥蒂，昨天在得月楼上，他对卢方、蒋平的负伤，心中有着诸多疑点，只是他现在还不便说出。

陆晨明问道："展护卫，张龙、赵虎等人伤势现在如何？"

展昭回道："陆大人，好在张龙、赵虎、王朝几个人中毒不是很深，当时吃了卢方的解药，已经防止了毒之扩散，昨夜已经被宫内的御医救过来了。御医说他们伤了元气，要多休息几日，进补一些养身的药石，自会渐渐康复，没有大碍。只是，卢方、蒋平受伤颇重，现在仍在昏迷之中。梁大人去职之前，已经差人日夜看护了。"

陆晨明伤感道："我未来开封府之前，已经听说卢护卫、蒋护卫二人武功高强，超群出辈，在任职期间，立功无数，今日受伤，本府深感悲痛，请展护卫代我转达问候。过几天，我一定亲自去探视。之培先生，从我的俸银里取一百两，送与卢方、蒋平。"

李之培躬身拜道："在下记住了。"

陆晨明再问："现在马汉跑到什么地方了，你们手中可有线索？"

徐庆道："陆大人，现在马汉还无踪迹，还望宽限几日，让属下细细寻找。"

陆晨明看着展昭和徐庆道："缉拿马汉，是当务之急，你们定要抓紧。"说到此，陆晨明又长叹一声："非是陆某难为你们，实在是陆某无奈。这件案子已经惊动了圣上。那马汉分明与飞天蜈蚣是一伙，他们如此在东京大闹，皇上不得不亲自过问了。陆某刚刚接任，才学浅薄，历练不深，还望两位用心尽力啊。"说罢，陆晨明起身，朝展昭、徐庆郑重地拱手，深深施了一礼。

陆晨明这个举动，让展昭、徐庆大感突然。他们不承想会受到刚刚上任的陆大人的礼遇，展昭上前跪倒："陆大人放心。展昭定会尽心竭力。"

徐庆也跪倒："陆大人放心便是。徐庆定会尽心尽力。"

陆晨明似乎累了，他挥挥手："退堂。"就起身去了后堂。李之培随在后边。

其他差人一并走散，堂上只剩下了展昭、徐庆。

展昭心里实在是一团乱麻，他几乎不知道如何理清。

徐庆看着展昭，叹了口气："现在马汉已经不知下落，真正的凶手是谁？是谁在酒中下的毒？是谁买通了店家小二？那个在店中发暗器的是谁呢？现在连一点线索都没有。展护卫，咱们从何处着手呢？"

展昭摇头："我现在还摸不清楚此事的来由，昨天还有一件令人不解的事情，那个张大，本是咱们多年的眼线，如何就走漏了消息，他自己也一定是死了。那个假冒的张大，自然是飞天蜈蚣的手下，只是不知道他们是如何从张大那里得知我们的消息呢？"

徐庆道："的确奇怪……"

忽听门前一阵大乱。两个人抬头去看，只见几个差人正在追赶着一个老叫花子跑进堂来。那老叫花子一身破衣，闪展腾挪，那几个差人竟是近不了他的身，展昭、徐庆都看出此人是一个高手。

差人们追得气喘吁吁，有人高声骂道："这里岂是你胡搅蛮缠的地方，小心锁了你。"

那叫花子哈哈大笑。

展昭、徐庆飞身过去，徐庆就要动手去擒那叫花子，却被展昭拦下。展昭拱手道："请问先生来开封府何事？"

那花子打量了一下展昭："我来找陆大人。"

徐庆怒道："陆大人是随便找的吗？"

展昭问："请问，您找陆大人何事？"

花子笑道："自然有要紧事情。"

徐庆冷笑："你这种人物，会有什么要紧事情。"

花子打量了徐庆一眼，叹道："看人下菜，以貌取人，此是做人的陋习，不想徐三爷一世英雄，竟然也不能免俗。"

众人一怔，此人出言严厉，而且一眼就认出徐庆，自然不是寻常之辈了。徐庆哑了口，不再说话。

展昭赔笑道："并非我等盘问，如果先生不是什么要紧事，陆大人实在是不能见的。"

老叫花子淡然问道："开封府现在最要紧的是什么？"

众人被问得无语。

老叫花子笑了："你们是否现在急于知道马汉在什么地方？"

众人呆住。他们马上意识到这个人大有来历。展昭拱手："先生少候，待我去通报陆大人。"

展昭转身进了后堂。少顷，陆晨明、李之培跟展昭走出来。陆晨明看了一下花子，皱眉道："你果然有要紧事吗？这里的确不是撒谎的地方。若有言语不实，你可知道后果？"

老叫花子笑道："我只是来给大人送一封信，你们大可不必唬我。"说着，就从怀里掏出一封信来，双手递上去。

陆晨明刚刚要接过去，李之培上前拦住，接过信，先自打开。

徐庆先是有些不快，心想这个师爷如何这般无理，稍后马上恍然明白，李之培是怕信中有什么机关暗器，李之培打开信，才将信交给陆晨明。陆晨明看了，脸上顿时惊了。他问花子："现在写信人在何处？"

老叫花子笑道："这我可就不得而知了，我只是收了人家的银子，来此送书信的。现在已经完成了事情，就不敢再耽误陆大人的公务。告辞。"说罢，老叫花子掉头出门去了，一眨眼，已经踪影全无。陆晨明看得眼呆："此人武功了得啊。"

展昭笑道："此人必是江湖上有名的人物，此次是化装而来。他如何不以真面目对我们，怕是有难言之隐情啊。"

陆晨明看看李之培、展昭、徐庆："你们三人随我到后堂来。"

三人随陆晨明到了后堂。

到了后堂，陆晨明吩咐李之培："不得让任何人进来。"

后堂的门关了。陆晨明把那封信交与展昭、徐庆传看。

两个人看得呆住。

陆大人：

马汉现在吏部尚书王更年府中躲藏。你们若去抓获，及早些行事。谨防夜长梦多。

归景东

陆晨明皱眉问展昭、徐庆："这个归景东是何人？"

展昭、徐庆面面相觑，缓了缓，展昭道："回大人，归景东是近些日子江湖上突然声名显赫的一个人物，传说此人武功了得，使用兵器诸如刀剑或者棍棒，样样精通。只是不知道此人来历。现在江湖上传言颇多，大都是道听途说，并不清楚归景东出身何处。"

展昭讲的确是实情。这个归景东的身世的确不好认定。有人说，他是当年一剑行天下的归景西的弟弟。或者说这种讲法有些道理，但是归景西当年一剑横行之时，武林中人并不知道他有一个弟弟归景东啊，但是归景东的出现委实让江湖震惊了一下：今年初，江洋大盗陈捷人死在了归景东手下。还有一个六扇门的叛徒何无忌，自称是一根铁棍扫荡天下英雄，他纵横江湖几年，也的确没有人能用棍子击倒他，但是，何无忌还是死在归景东手里了。而且还是死在归景东一条短棍之下。归景东如此人物，如何竟是来路不明呢？

来路不明的人或者事情，向来都是很可怕的。

李之培道："陆大人，我们不妨先不管这个归景东，我们如果相信这信上的话，现在就考虑如何去王大人府中缉拿马汉。"

陆晨明点点头说："李先生说得是。现在开封府人手吃紧，展护卫、徐护卫，你们可推荐一些可堪造就之材，陆某一定任用。

还望二位举才不避嫌。"

展昭和徐庆心里一怔，他们知道，陆大人一定要吐故纳新了。一任官衙一堂差。包大人手下的一些旧人，也许陆大人已经不放心了。现在他当然要起用一些自己的人了。这本不是什么意外之举。说不定，陆大人心中早已经有了一些候选人物。

展昭想了想说："陆大人说得是，现在开封府人手不够。我想推荐一个人，不知道大人是否答应？"

陆大人笑道："举贤不避亲，你只管讲来。"

展昭道："我想举荐白玉堂。"

陆晨明疑道："白玉堂？"

徐庆忙道："我大哥卢方前番向梁大人推荐过白玉堂来侦破飞天蜈蚣的案子。梁大人同意，我大哥捎书让白玉堂从江南赶来。但后来梁大人改变了主意。我大哥只好又推掉了白玉堂。现在向陆大人禀报此事，不知道陆大人意下如何？"

陆晨明笑道："我久闻白玉堂身手不凡，当年大闹开封府，人人皆知。如果他能够参与此案最好不过。"

展昭笑道："如此说，陆大人同意了。"

陆晨明点头道："众人拾柴火焰高，添加一个英雄来此，何尝不是好事。梁大人便是有些想不开了。只是，我不知道此时请白玉堂，他肯来吗？"

李之培一旁笑道："我听说这个白玉堂一向闲云野鹤惯了，只怕他不肯来啊。"

展昭道："但请陆大人准了，我便去寻他来。"

李之培笑道："只是他能否为朝廷效力呢？"

展昭笑道："他一向义气，现在卢方、蒋平二护卫被马汉击伤，他自然要找马汉寻仇了。"

陆晨明刚刚要说话，忽听差人门外喊："陆大人，刘公公到了。"

陆晨明慌地离座，对三人道："不知道刘公公到此何干。"就匆匆出了后堂。

李之培、展昭、徐庆跟随陆晨明到了前堂，刘公公正在等候。陆晨明笑道："公公到此何事？"

刘公公笑道："圣上要陆大人和展护卫即刻进宫议事。"

陆晨明和展昭忙道："我们这就随公公去。"陆晨明不觉看了展昭一眼，他似乎不明白，如何一个开封府的护卫，也被皇上亲自宣诏进宫呢？展昭似乎也满脸疑惑。

陆晨明和展昭随刘公公去了。

徐庆对李之培讪笑道："展护卫一直是受皇上宠爱的。别人是攀比不上的。"

耳菜不免感慨，身在官场与身在市井，想法大都不会一样的。那徐庆到了开封府几年，说话办事已经完全是一个公门中人了，他这番话，明显已经有了对展昭的些许忌妒。如若当初白玉堂也来开封府效力，他会变得怎么样呢？他还会像现在这样潇洒通脱吗？耳菜感觉人生在世真是很难了。当然，这只是推测，其实性格是不用推测的。白玉堂之所以是白玉堂，他是绝不会来开封府做差的。不来开封府做差的白玉堂，当然会发生下边的故事了。好，请继续我们的故事。

陆晨明和展昭刚走片刻。三个差人慌慌地跑进堂来，领头的对徐庆道："徐大人、李先生，不好了，出事了。"

徐庆问："出什么事情了？"

那个差人讲："我们看护着卢大人和蒋大人的起居，不承想，他们今天失踪了……"

徐庆一把揪住差人："什么？失踪了？你们是怎么看护的？"

差人急道："我们只是在院中看守，除却送饭时进去，平时怕打扰二位大人，并不曾进屋中去。今天去送饭，才发现二位大人不见了。我们也以为他们是出去逛街了，可是过了两个时辰，仍不见他们回来，我们感觉不妙，才来报告的。"

李之培一旁对差人发怒："你们如何这样迟钝？如何一点动静也没有听到？"

徐庆对李之培说："李师爷，不必对他们发急，我们去看看便是了。"

徐庆和李之培匆匆地去了开封府后边的驿馆。

卢方和蒋平的房间，已经空无一人。似乎这里就从来没有人住过。屋子里的东西一点也没有凌乱的样子，好像卢方和蒋平是很悠闲地走出这住所的。住在隔壁房间的王朝、赵虎、张龙也说没有听到卢方、蒋平的任何动静。但是徐庆还是发现了破绽，他在窗子上，看到了一个小洞，一个小小的洞。李之培点点头："徐护卫，如此看来，他们先是被迷香弄昏了，才被弄走的。"

徐庆顿足道："这可如何是好，马汉的事情还没有头绪，现在卢大哥和蒋平又被人不明不白地弄走了。"

李之培皱眉："但愿他们没有性命之虞。"

陆

皇宫，是一个让人猜测颇多的地方。之所以猜测，是因为皇宫并不是人人可以去的地方，除去其他的因素，大概只是为了安全。一朝天子，大概最害怕那些犯上作乱的不逞之徒揣着各种各样的企图进宫。

秋风渐渐凉了，皇宫里的树木也落叶纷纷。叶子们在风中打着旋儿飘飘舞舞，十分潇洒的样子。太监们拿着扫帚正在打扫着任性的落叶，他们的职责就是要让威仪天下的皇宫一尘不染。

陆晨明和展昭跟着刘公公进了后宫，后宫的殿门大开。皇上在那里正等候陆晨明和展昭。皇上一副闲懒的神态，目光空空地看着太监们在扫着院子，似乎有些心事重重。

陆晨明和展昭跪在了皇上面前，行过君臣之礼，皇上淡淡问道："陆晨明、展昭，飞天蜈蚣和散花仙女的案子侦破如何了？"

陆晨明回道："回皇上，还没有眉目，但臣已经在城中布置好人马，展护卫也带人日夜在城中巡查。"

展昭道："回皇上，正是。"

皇上摆摆手，似乎有些不耐烦地说："朕不听你们这些语焉不详的废话。朕是问你们现在缉拿散花仙女和飞天蜈蚣的案情有什么进展了？还有那个给捕快们下毒的马汉，有什么线索了吗？"

陆晨明道："回皇上，臣刚刚到任开封府，现在还一无所知。"

"哦，这个朕知道，朕只是想问，梁月理没有交待给你什么吗？"

"没有，梁大人什么也没有说过。他似乎也是一筹莫展。"

皇上讥讽地笑了："陆爱卿，你现在知道开封府尹不是一个好干的差事了吧？当年包拯在时，你们总是议论他办事不力。梁月理已经尝过了滋味，朕想现在你也尝到滋味了吧？世上多是壁上观，事不经己不知难啊。"

陆晨明似乎想了想，然后低声道："皇上，我刚刚接到了一封来历不明的信，说马汉藏在王更年大人府上。此事是否属实，我还没有调查。"

皇上哦了一声，说道："这个好办，朕现在就让王大人对你说。"说罢，就让太监宣吏部尚书王更年进宫。

皇上看着陆晨明，淡淡地问道："陆大人，你最近是否见到田仿晓了？"

陆晨明摇头："不曾见到，臣也已经有许多日子不曾见他了。"

皇上说："你得闲时去他府上一趟，朕要再向他借些银子，后宫已经多年失修，总是要修整一下的。妃子们住在那里，总是发牢骚。这几年对辽作战，经费开支过大，朕手里有些窄了。朕要你办这件事，因为你同他私交很厚，说话不用客套。"皇上尴尬地笑笑。是啊，一朝天子，竟向属下借钱，实在也是一件不易张口的事情。

展昭心中有些难堪，他不解当朝天子如何向一个民间的商贾借钱呢？

陆晨明点头："臣即日便去办理这件事情。"

不一刻，太监引吏部尚书王更年进来了。

王更年跪倒："参见圣上。"

皇上笑道："平身吧。"

王更年站起身。

皇上笑道："王更年，马汉是不是在你处啊？陆大人十分关心这件事。如果马汉在你处，你应该把他交给陆大人才是啊。"

王更年对皇上道："回皇上，马汉的确在我处，不过，马汉身上有重要情况，老夫还没有弄清楚，陆大人暂不可对他下手。因为我想那马汉似乎无罪。"

陆晨明一惊，立刻云里雾里了，懵懵地看着王更年道："下臣糊涂至极，如何那马汉竟藏身于您的府上，而且还不让陆某前去拿人？个中答案，还望王大人明示。"

王更年叹道："此事说来话长。前番老夫曾经向皇上上过奏折，皇上至今没有批复。"

皇上考虑了一下，对陆晨明和王更年道："此事你二人商议解决。你二人先回去吧。朕与展昭还有些话讲。"

陆晨明和王更年去了。后宫只剩下了皇上、刘公公和展昭。

皇上看看展昭："展护卫，此案似乎难破，朕知道你是一个尽心的人，今日召你进宫，是要当面告诉你，以示重视。飞天蜈蚣和散花仙女一案，要近日告破。此事关系到国家的安危，你不可松懈。陆大人刚刚到开封府就任，他一些事务尚不熟悉，你当事事想在他的前边。"

展昭跪倒："请皇上放心，展昭一定尽力。"

皇上道："朕这里有一道密旨，你带回去认真看一下。朕想说的话，都在上边了。只是，这件事不可再对别人讲起了。"说罢，从龙案下取出一本折子，递给展昭。展昭一怔，忙上前接过皇上递过来的这道密旨。

皇上对展昭道："展护卫，你还是先去缉拿散花仙女和飞天蜈蚣这两个江洋大盗。马汉的事情，还是调查清楚再说。朕累了，你先去吧。"

展昭起身去了。

展昭走出皇宫，忧心忡忡地拿着那道密旨，现在还不知道皇上给他的是一道什么样的密旨。是凶是吉？他一无所知。他心事重重地打开了那道密旨。

他借着月光看过，心里咚咚地跳了起来。

展昭绝没有想到事情会是这样子的。自从被御封为"御猫"始，他已经深得皇上器重。可是，皇上今天如何会向自己下这样一道密旨呢？从来伴君如伴虎，历朝历代，圣心叵测。翻云覆雨，寻常之事。美酒与汝饮，白刃不相饶，这一点，在开封府多年的展昭当然知道。多少位高权重的臣子，曾几何时，如日中天，一旦得罪，便是有始无终。包大人当年曾经是多么地威风显赫啊，如今落了一个辞官而去了。先不说这道神秘的密旨，只是刚刚皇上的那几句话，足见皇上对自己的信任，可是，展昭自己担得起这份沉重吗？展昭已经是心惊肉跳，他知道真正的危险已经开始。祸从福起，此言从来不虚。

展昭感觉心头有一层冷汗沁了出来。

展昭一路心绪乱乱地回了开封府，缉拿散花仙女和飞天蜈蚣从何处下手呢？还有缉拿马汉，皇上竟要陆大人与王更年商量办理。商量得通吗？

展昭一进开封府，见陆晨明和李之培、徐庆正坐在堂上议论着什么事情。

李之培和徐庆刚刚从卢方和蒋平的住处回来，卢方和蒋平的确失踪了，两个负伤的人，会去哪里呢？他们会不会遭了什么不测呢？徐庆百思不解。他们正在向陆晨明禀报此事。陆晨明抬头，看到展昭一脸晦气地进了开封府。

徐庆心下一沉，他不知道展昭如何会这般表情。

陆晨明问："展护卫，皇上对你有何旨意？"

展昭心头掠过一丝不快，陆大人如何问起这个，皇上是从来不许臣子们私下互传消息的。他脸上笑道："没有什么，只是问了一些飞天蜈蚣和散花仙女的线索。"

陆晨明吁了一口气，他苦笑道："展护卫，皇上对此案追得甚急，我们有什么良策啊？"

展昭道："在下也是如堕五里雾中。刚刚在圣上那里，吏部尚书王更年大人已经承认，马汉在他那里。他要启奏皇上，说马汉无罪。王更年为人朝野上下都知道，是十分正直的一个人，他如何竟包庇起马汉来了？"

李之培叹道："圣上如何说要陆大人与王大人商量呢？圣上是一个什么态度呢？"

陆晨明叹道："难就难在圣上没有表态，他要我与王大人商量着办理此事。我不知道圣上是如何想的。或者圣上已经有意庇护马汉？或是让开封府自作主张？或者是纵容王更年大人？真让陆某惴惴不安。古来圣心难测，我今天已经尝到了滋味。三位，请你们也帮陆某拿个主意。"他用一种十分真诚的目光看着展昭和徐庆。

展昭、徐庆面面相觑，他们听出了陆大人此时已经心乱如麻。

几个人都沉默着。的确，如果皇上不表态，那么就不好进吏部尚书府上去缉拿马汉了。他们猜不透，如何王更年掺和到这件事情里来了？难怪陆大人如此为难了。

徐庆打破沉闷，问道："不知陆大人有何打算？"

陆晨明叹道："如果圣上有旨，到王更年大人府中搜查倒不是一件难事，但现在圣上没有任何旨意，我们如何抓马汉真是要费些事务了。"

展昭沉思片刻，对陆晨明道："大人，我想去一试。"

陆晨明半晌不语。

展昭皱眉道："莫非陆大人信不过展某？"

陆晨明摆手："展护卫，错疑了，非是我信不过你，只是那王大人府上守备森严，你若去，只怕是要小心才是，如果被王大人得知，开封府的声名事小，闹到皇上那里去，圣上要怪罪的。"

展昭想了想说："此事展某小心即是，如果不成，展某自会全身而退。"

陆晨明起身道："如此最好。展护卫要小心了。"

李之培对展昭道："还有一事不曾来得及告诉展护卫。"

展昭问："什么事情？"

李之培道："刚刚我和徐护卫去看过卢方和蒋平，这二人竟是失踪了。"

展昭几乎要跳起来："什么？失踪了？他们怎么会失踪呢？"

陆晨明叹道："李师爷和徐护卫刚刚猜想，他们会不会被什么人绑架了？或许真有什么不测？"

展昭一时怔住，他看看徐庆，徐庆一脸无奈。

陆晨明皱眉思考了一下："这样，展护卫、徐护卫，你们二人在商量缉拿马汉办法的同时，也寻找一下卢方和蒋平的下落。一定要找到他们，生要见人，死要见尸。好了，你们去吧。"陆晨明挥挥手。他真的有些疲惫了，现在只想休息一下。

展昭拱手退出。徐庆跟在他的身后，马汉和卢方、蒋平的事情他们先放下了，他们今天还有一件事情要办，那就是去给梁月理大人送行。梁大人发配河东，今天就要启程。展昭送梁大人，一是敷衍三个月来的上下属之情，二是为了从梁大人那里再打探一些什么线索。关于散花仙女和飞天蜈蚣大闹皇宫的事情，梁大人一定还知道不少情况，只是梁大人未来得及讲，就被革职了。展昭想在梁大人离京之前，再问出一些隐情来。

东京城北门处，有一家字号为"送一程"的酒店，大凡送别的亲朋好友，都喜欢在这里与人话别，也许是这个酒店的名字取得恰到好处吧，这里的生意一向都很好。酒店外边的幌子在风中招摇，酒店里边已经摆下了一桌酒席。一行四个解差正押解着梁月理准备上路。前天还是威风凛凛的开封府知府，今日却做了阶下之囚，这真是白云苍狗的事情啊。展昭和徐庆到了酒店的时候，四个解差已经候在外边了。他们见展昭和徐庆过来，忙施礼问候。展昭看着四个解差，叹口气："几位差爷，梁大人一路还要你们多多照顾。"

只此一句，已够分量。凡南侠展昭托付的事情，谁个能不买面子呢。四个解差齐声道："展大人放心即是。"

展昭掏出几锭银子，分散给四个解差。

其中一个解差低声道："展大人，刚刚梁大人已经见了一个朋友，那个朋友也给了许多银子。展大人就不必再赏了。"

徐庆一怔，问道："刚刚谁来过了？"

一个解差道："是一个穿白袍的青年。刚刚走了。"

展昭皱眉想了想，已经知道是谁来送梁月理了，展昭想，既然来送，他如何又不送出城去呢？他看看徐庆，二人进了酒店。

梁月理坐在酒店的二楼。二楼没有生意，只有梁月理一个人戴枷独坐。看得出，这场面已经是事先安排妥当了的。酒店老板守在楼梯处，拱手迎上展昭和徐庆，然后就退到店外去了。

展昭、徐庆走上楼来，在梁月理面前跪倒。

梁月理忙起身搀扶二人："快快请起，二位，梁某已是戴罪之身，承受不起啊。"

展昭、徐庆起身，与梁月理对面坐下，展昭斟了三杯酒，双手端起一杯，敬给梁月理："梁大人，我们二人代表开封府的诸护卫、捕头，敬你一路好走。"

梁月理眼睛里含了泪，颤颤地双手接过酒杯，一饮而尽。

三个人喝罢酒，展昭问："梁大人，我还想问一句话。我总感觉皇上不能仅为马汉下毒一事就革去你的职啊？这里边会不会另有隐情。或者说，您还有什么事情不便告诉我们。"

徐庆也问道："是啊，梁大人，我和展护卫总感觉这里会有什么更大的文章。皇上如何会这样轻易地革你的职呢？"

梁月理笑了笑："二位，这件事情我不好说什么，二位不妨试想，如果皇上认为我办事不力呢？如果皇上不革我的职，对别人不好交待呢？如果……好了，好了，我不必再说，自古以来，做臣子的，只有听命于皇上。我不好妄猜圣意。二位不必再追问了。"

梁月理把话讲到这一步，展昭脸上露出无奈。

柒

就在展昭、徐庆给梁月理送行的时候，卢方和蒋平已经被人运到了一个房间中。他们醒来时，屋里没有别人。两个人相互看看，蒋平笑道："大哥，咱们是在什么地方啊？好像是一个什么大人物的府上。"

屋中布置豪华，装饰堂皇，绝非是普通人家。窗台上，几盆名贵的黄菊花开得正盛。

卢方摇摇头说："我也看不出，看这屋子里的装饰，的确像是一个有钱的人家。我记得咱们不是正在说话呢吗？如何跑到这里来了？"

蒋平道："我猜想，大概是谁把咱们弄来了。"

门锁响了一声，门开了，走进来一个青年汉子，武生打扮，手里提着一个饭屉，放在屋里，说道："二位请慢用。"

卢方问道："小哥，这是什么地方？"

武生摆摆手："卢护卫，你不必问，我也不会讲。你们先用餐，自然会有人告诉你们。"说罢，转身出去了。就听到一声落锁的声音。

卢方慨然一叹，呆坐在那里。

蒋平笑道："大哥，这人说得对，咱们只管吃饭，自然有人会告诉咱们的。生死有命，富贵在天。我们乱想也没有用处，只会徒增烦恼。"

卢方道:"我并非是怕死,我只是不知道梁大人现在如何了?我们放走马汉,实在是他的支使。听差人讲,他已经被罢官革职。看起来,他大概也是由此获罪了。我想,我们大概是被马汉的同伙弄到此处,否则,我们也要与梁大人一样获罪了。这件事幸亏没有让徐庆参与,不然,他也要被牵扯进来了。"

蒋平叹道:"官场险恶,一步一鬼,谁能知道梁大人会被革职呢?但这件事还是让人奇怪,梁大人如何让我们放走马汉,而且他如何知道马汉会下毒呢?真是怪了。"

卢方道:"我现在真是后悔,当初就应该随包大人一同辞职,回陷空岛极好。还是韩彰和白玉堂看得通透,逍遥自在。"

蒋平皱眉道:"说起玉堂,让我想起一件事,梁大人让你写信要白玉堂来,你如何打发他走的?我担心他没有离开东京,这件事如果再把他牵涉进来,岂不是更乱了吗?"

卢方道:"他找过我两次,我只拒而不见,是催促他快走,这件事他不搅进来为最好。玉堂是聪明人,应该知趣而退。但愿他已经走了。"

蒋平苦笑:"只怕老五不是一个听话的脾气啊,他若留在了东京,怕是要风生水起啊。"

卢方摆摆手:"这件事他也插不上手,他不会……"卢方突然不再说,因为门被推开了,有一个人进来了。

这是一个长须大汉。长须大汉向卢方和蒋平拱拱手:"卢护卫、蒋护卫,在下有礼了。"

卢方和蒋平也拱手。卢方问:"不知道您是……"

长须大汉道:"我是秦子林。"

卢方和蒋平一惊:"秦子林?"二人同时起身施礼道:"秦大

侠，失敬了。"

秦子林在江湖上有好大的名头，卢方和蒋平都知道，此人曾经与欧阳春同师学艺，而且还是欧阳春的师兄。他们还知道，此人与白玉堂关系极好，从不参与江湖中的事情，独往独来，天马行空。他如何也卷进了这件事情呢？他们二人被神秘地弄到了这里，秦子林一定也参与了。卢方和蒋平同时都有些糊涂了。

秦子林笑了："你们二位一定很奇怪吧？你们如何会被弄到这里来了呢？实话说，是有人想要你二人的性命，我只好先把你二人弄来，藏匿起来，让他们扑空。待过一段时间，事情有了眉目，你二人再露面。"

卢方和蒋平一怔。他们面面相觑。

秦子林叹道："我知道你们不大相信我，但你们一定知道，我与白玉堂是多年的生死兄弟。你们与他是结拜兄弟，我如何能坐视不管呢？"

卢方道："既然如此，我们谢过秦大侠了。"

蒋平笑道："既然如此，秦大侠是否能够让白玉堂来看看我们？"

秦子林笑道："这个自然，只是现在我并不知道白玉堂在何处啊！二位不要着急，我派人去打探便是了。"

捌

展昭、徐庆一直送梁月理到了城外的十里长亭，才回转城里。二人谈了几句卢方与蒋平被人劫走的事情，便在城中分手，展昭心情很怏怏地往家走。他不理解梁月理何至于如此下场？马汉下毒之事，现在还没有弄清楚，如何也怪罪到梁大人头上了。卢方和蒋平被人弄到何处去了呢？他又想起皇上给他的那道密旨，他心中乱糟糟地理不出头绪，不觉叹息起来。

展昭怏怏不乐地回到住处，进了院子，突然感觉有什么地方不对，他皱眉进了屋子，四下打量，忽听窗外有一丝动静。他听了一下，忽地笑道："进来吧，何必如此藏头露尾，显得小气了些。"

门帘一挑，白玉堂微笑着进来了，他朝展昭拱拱手："展兄，别来无恙。"

展昭也拱手笑道："玉堂弟，你也好。"

白玉堂称赞道："展兄真是了得，我在暗处，潜了身形，却瞒不过你的耳力。真还是当年御猫的风采啊。"

展昭摆手笑道："你休得再羞臊我了。若不是这御猫二字，也就没有了你我当初一场没有意思的争斗，也不至于给江湖中留下笑柄。"

白玉堂道："我直是夸奖，怎会是羞臊。"他微笑着看展昭。

展昭笑道："你若不想被我发现，我怎么会知道是你来了呢？"

白玉堂笑道："我想展兄一定想找我，于是就送上门来了。"

展昭道："是啊，我已经向陆大人推荐你了，此番推荐，有些不情之请，但是情况紧急，展某也是万般无奈，请玉堂弟不要推却。"

白玉堂笑道："展兄直是客套了，于公，我从不参与，但是于私，你们都是我的好友，玉堂虽然愚笨，但是为朋友两肋插刀的事情，我还是从不推却的。更何况此事还牵扯到了我大哥卢方、四哥蒋平。玉堂如果坐视，岂不是太不仗义了吗？"

展昭点头赞道："玉堂还是当年的爽直。请坐下说话。"

二人对坐。展昭让卜人端一杯茶上来。

展昭看着白玉堂，长叹一声，说道："东京城里的事情，你已经听说了，就不用我多讲了吧。何况你今天也送梁月理大人了，想必他也对你说了些什么？"

白玉堂看着展昭，忽地笑了："展兄，你果然精明，你如何知道我去了？"

展昭笑道："一个穿白袍的青年，送了官差那么多银子，出手如此大方，却不方便送出城去。不是你白玉堂是哪个？我猜想你来东京一定不是一天两天了。"

白玉堂点点头："不错，我去送梁大人了。我听他说了一些被革职的原委，他刚刚接手开封府三个多月，如何会生出这一场场变故？梁大人似乎有些话没有对我讲，但我看得出他也有一肚子的难言之隐。"

展昭问道："还有一件事，卢方和蒋平是不是被你藏匿了？"

白玉堂笑道："我猜想你会把此事算在我头上的，但你却是算计错了。我也是下午刚刚知道，所以我才来问你。我看了现场，他们或许是被迷香弄倒的，才悄然给弄走了。"

展昭道："你果然心细。徐庆对我讲，如果要杀害卢方和蒋平，绝不会弄走他们，只是在屋子里结果了性命便是，如果弄走，必是要把这二人藏起来，不知道是何意？徐庆也百思不得其解。或许他们手里有什么秘密的东西，才被什么人挟持了？"

白玉堂道："退一步讲，即使不是用迷药，我大哥和四哥也是应该情愿与他们走的。我在他们的住处仔细看过，屋中并没有打斗的痕迹，以我大哥和四哥的手段，即使负了伤，一般的人物也是很难近身的，那么，他们也可能就是与人一起走的。"

展昭道："此话有理。"

白玉堂问："展兄，这几个月来，我大哥和四哥有什么反常的行为吗？我的意思是说，他们有没有什么同以往不一样的地方？"

展昭摇头说："你如此问，我倒是想过，他们二人并没有什么让人生疑的地方啊！若说有让人生疑的迹象，即是马汉下毒的那一天，他们二人似乎不应该被人击倒，这其中是不是有什么问题？"

白玉堂道："我有一件事要问展兄，我此次来东京，是大哥飞鸽传书，要我火速赶来，我赶来后，他却拒而不见，只是让我快些离开东京，不知道是什么意思。他受伤之后，被开封府看护着养伤，我今天终于找到了地方，想问问大哥到底出了什么事情，可是他又偏偏被人弄走了。"

展昭道："你大哥飞鸽传书之事，我是知道的。那是梁大人让他写的，并非是他的本意啊。他让你离开东京，也许他另有所想。"

白玉堂苦笑一声："此事梁大人已经对我讲了，我去送梁大人，只是问他为何飞鸽传书要我来东京。谁知道他竟是只讲散花仙女和飞天蜈蚣的事情，别的一概不说了。我也不好再问。"说到此，白玉堂长叹一声，"官场中人，从来都是如此，危难当头，先图自保。利用下属，也自然都是恩威并重的俗套。梁大人岂能例外！"

展昭脸一红，没有说什么。他感觉白玉堂对官场中人有些忌恨。是啊，自己现在要白玉堂来开封府帮助办案，岂不是也有利用之嫌。

白玉堂问："那马汉可有下落？"

展昭道："马汉现在已经露出了藏身之处。"

白玉堂一喜："如何不去缉捕他？"

展昭面露难色："只是这厮藏身之处容不得搜捕，我们要直去缉捕，怕是有诸多不便。弄得不好，还要招惹出一些是非来的，让人尴尬为难。"

白玉堂疑道："他藏身在何处？莫非是龙潭虎穴？"

展昭摇头道："并非是龙潭虎穴，却直是不好硬闯。马汉藏身之处却是让人投鼠忌器啊。"

白玉堂怔怔地看着展昭。

展昭皱眉道："他现在吏部尚书王更年王大人府中。"

白玉堂一惊。他无论如何也想不到马汉会藏身在吏部尚书王更年大人的府里。那王大人的府中岂能是乱闯的。他只是想不透，马汉如何会与王大人搞到了一起。那王更年大人清正廉洁，朝野上下，皆是一片称颂之声，如何与杀人犯马汉有联系呢？而且皇上如何就能听之任之呢？白玉堂怔怔地看着展昭，喃喃道："怎会如此？皇上知道吗？"

"皇上要陆大人与王大人商议解决。"

"真是笑话。如何商议解决？"

展昭道："既然皇上要陆大人与王大人商议此事，我便决心在王大人府中缉拿马汉。我已经在陆大人面前夸口，但如何从王大人府中擒拿马汉。我还没有良策。玉堂弟，你一向机敏过人，还要出一个主意才好。"

白玉堂摇头叹道："我一时实在想不出什么好办法。王大人府中岂止是不可乱闯，即使去闯，王大人府中高手如林，会有你我二人什么便宜？"

展昭道："我有一计，不知是否可行。"

白玉堂问："请讲。"

展昭道："我已经差人去探得，后天王大人会请几班戏子进府，给他的老岳丈做寿，我们可以乘机混迹其间，潜下来，夜间动手，将马汉擒出。依你我二人的手段，拿一个马汉出来，不应该是难事。"

白玉堂想了想，点头："可以，只是此事一定要做得机密才是。"

展昭叹道："但愿此去能擒回马汉，审出实情。"

白玉堂道："我想马汉……"他突然压低了声音。

展昭已经抄剑在手。二人丢个眼色，猛地破窗而出，只见夜色中有一条人影已经奔出院子。那人影奔走迅疾，如风似电。

二人纵身追过去。

那人影却跑得飞快，转眼之间，已经无影无踪。

二人在街中停住脚步，展昭赞道："此人轻功，远在你我之上。"

白玉堂点头："你晓得此人是何来头吗？"

展昭摇头："不知。"

白玉堂笑了："我猜他也是为马汉而来。"

展昭摇头："凭空想来。"

白玉堂道："我想这次不会猜错。"

展昭皱眉："如此说，刚刚我二人的谈话，都被他听了去了。"

白玉堂点头："我们真是忘记了隔墙有耳这句古训了。"

展昭想了想，说道："玉堂弟，我还得去开封府值夜，但愿今晚不会发生什么事情。玉堂弟，你明天来开封府报到吧。我们与陆大人一同商议如何尽快侦破此案。"

白玉堂向展昭拱拱手："那我先告退，我们明天再谈。"转身走了。

<h2 style="text-align:center">玖</h2>

白玉堂回到客栈，刚刚躺下，却听到窗子上响了一下，是利器吃进木头的声音。他起身去看，窗子上扎了一柄短刀。原来是寄刀留柬，他展开留柬，上边写着十二个字：若找蒋平、卢汉，可去悦人客栈。白玉堂想了想，他不知道此柬是何人所留，也不知道此柬是不是陷阱。但是，他还是要去。他总要知道卢汉和蒋平现在的情况啊。

白玉堂身穿夜行衣跃出客栈时，已经是后半夜了。他飞奔着跑过两条街道，就来到了那家悦人客栈的门前。他停住脚打量，这家客栈有些不同一般，门前竟有一个高大威严的牌楼，庙堂般的令人肃穆仰止。如果不是牌楼上写有"悦人客栈"四个大字，白玉堂绝不会相信这里是一个客栈。他思索了一下，一长身，就跃进了客栈的院子。

白玉堂昨天终于证实了一个问题，他去送梁月理时，梁月理告诉他，一个月前，白玉堂被卢方飞鸽传书邀到东京城，梁月理强迫卢方写信，是为了邀他前来协助开封府侦破散花仙女和飞天蜈蚣的案子。梁月理希望白玉堂来开封府做事，此举并非梁大人一时心血来潮，梁大人已经在三个月前，两次保奏圣上，请皇上召白玉堂进开封府，授任四品。但是皇上一直没有准奏。梁大人为此很是着急，他还想再次上朝向皇上奏请这件事，而还没有等他奏请，他已经被革职了。白玉堂对梁大人突然被革职一事，心存疑惑，而且偏偏在这个时候卢方与蒋平失踪了，白玉堂当然要把这件奇怪的案子查个水落石出。

白玉堂对马汉反叛一事，一直心存疑窦。三年前，五鼠大闹东京之时，他曾经与马汉相处，感觉马汉心怀坦荡，并非奸诈之人。徐庆也是一个性急粗莽的汉子，但是马汉还不似徐庆那样小有心机。再者，如果说马汉刺伤卢方和蒋平，实在是不可能的事情。以马汉的武功，他根本就不可能击伤卢、蒋二人。而且现在卢方、蒋平下落不明，更使白玉堂疑念丛生。他感觉这二人并没有出城。他现在倒觉得马汉不十分重要，重要的是要从卢、蒋二人嘴里问出些什么才是。

月光如银似水，月光下的悦人客栈十分幽静。悦人客栈是一个很深的院子。青砖墁地，院子里栽满了各种名贵的树木。十几间屋子的门窗，都有雕刻的花鸟鱼虫，工艺十分精湛。白玉堂认定这是一个有钱的人开的客栈。如此偌大且华贵的院子，一般生意人是没有这种气派的。白玉堂施展轻功，在各个房间转着。突然耳朵里似乎听到了什么，他在一间客房的门前停下了。

客房里灯火已经熄灭，但是白玉堂还是感觉到了屋子里有客人。

他解开行囊，取出铁拨子，伸进去，只一别，门就无声地开了。

白玉堂长身形跃进屋子，屋子里却是灯光大亮。更使他吃惊的是，这房间里的装饰简直太华丽了。用富丽堂皇四个字形容，一点也不为过。这样一个客栈会是让什么人来住呢？

白玉堂四下去看，他现在并不仅仅是被这华丽的客栈所惊愕，他更知道，如果现在自己一动，屋中的人就会动的。自己无论如何也是走不脱的。他现在还是想看一看屋中到底是何人。

他还是大吃了一惊。

屋子里空空如也。一屋子的金银玉器似乎都怔怔地看着白玉堂。

白玉堂冷笑一声："朋友，现身吧。"

屋子里还是没有人应声。

白玉堂怒喝一声："如何不现身呢？"

突然传来一阵大笑。这笑声笑得白玉堂心上一寒。

白玉堂是经过许多阵仗的，无论如何他也是不会吃惊的。但是这一次，他的确是心惊了。

这笑声来自门外。

也就是说，当白玉堂迈进门来时，屋里的人点燃了灯火的同时，也就与白玉堂擦身而过，到了门外。这是何等快捷的身手啊。

白玉堂静下心来，看来此人并无杀机，至少是现在还没有杀机。若有杀机，白玉堂早已经死了。

白玉堂回过头来，淡淡问道："是哪位高人在此？"他看到了门外站着一个布衣儒巾打扮的书生。这是一个七尺高的书生，他长得十分威武，浓眉凤眼，唇上一层淡淡的胡须，显得更加精神。除却这身书生打扮，并无多少儒雅气质。

白玉堂拱拱手："见过了。"

书生笑道："不知道白大侠到此何干？"

白玉堂心中暗笑，脸上就有些发热，此人称自己大侠，分明是取笑。若论刚刚的功夫，自己简直无法与此人相比。

白玉堂道："我来此处访两个朋友。"

书生笑道："是否在找卢方和蒋平？"

白玉堂脸上一怔："你如何知道我的来意？"

书生道："白义士现在并不是开封府人，到此必是寻找受伤的卢护卫和蒋护卫。此并非我猜中，只是除此之外，白大侠并无夜出的理由。"

白玉堂笑道："果然被你猜中了。还请把他二人请出。"

书生笑道："可惜，你来晚了一步。"

"什么意思？"

"他们刚刚被人解走了。"

"去了什么地方？"

"我不便说。"

"如果我硬要你说呢？"

"白义士要与我用强？"

"是你逼我出手。"

"其实即使我说了，你也找不到他们。"

"此话怎讲？"

书生点头道："咱们坐下说话。"他轻轻击掌，门外立刻有两个仆人打扮的人进来，他们手提着饭盒，飞快地摆上了桌案。又飞快地取出一坛酒启开，放在了桌上，并放了两只夜光酒杯，斟满。如此迅速利落，似乎专为等白玉堂深夜前来。

书生笑道："咱们不妨饮几杯。"说着，就端起酒杯，看着白玉堂。

白玉堂微微一笑，也端起了酒杯。

书生疑道："白义士不担心酒中有毒？"

白玉堂摇头笑道："你并无杀我之意，既要杀我，刚刚便是机会，你何必用下毒这种三脚猫的手段呢。"说罢，一饮而尽。

书生称赞一声："白玉堂名不虚传，果然光明磊落。"也一饮而尽。

书生饮罢一杯，笑道："你我已经喝过一杯，只是不解，为何白义士不问我姓名？"

白玉堂淡淡道："人在江湖，匆匆过客，萍水相逢，便是缘分。你不必说，我何必问。你若说，我又何必问。"

书生笑道："果然是一个淡泊如水的白玉堂，好好。今日我们就只饮酒，不论其他。"

白玉堂摇头："不必了，我刚刚已经与先生饮过一杯，兴致便已经没有了。再饮便是枯燥无味。我只是想问，先生为何与我饮酒？"

书生笑道："只是性情，并无其他。"

白玉堂起身拱手："在下告辞。"

"慢。"大汉起身拦住白玉堂，笑道，"白义士，刚刚你还说萍水相逢，便是缘分，怎的一会儿就变了。"

"此一时也彼一时。原谅我一时没有了情趣。"

"白义士还没有问我卢方、蒋平的下落呢？"

"你不肯说，我如何问你？"

"若是我讲出卢方和蒋平的下落，白义士还不肯坐吗？"

白玉堂心中一怔，便笑了："如此，白某便是要坐坐了。"

书生笑道："白义士，我现在只能告诉你，我刚刚已经改变了主意。我不想帮你这个忙了。"

白玉堂哈哈笑了："如此我便知道你是谁了？"

书生怔了："我是谁？"

白玉堂摆摆手："天知地知，你知我知。"

书生凛然变色："你是什么意思？"

白玉堂笑道："如果我猜得不错，你一定是田仿晓家的人了。"

书生笑了："白玉堂果然聪明。"

白玉堂笑道："这算什么聪明？都说东京田家富甲天下，看此屋装饰得如此华贵，除却田仿晓家，谁能有如此气魄？我刚刚进来时，就已经想到。"

书生笑了："田家富甲天下，这已经不是什么秘密。"

白玉堂却又笑道："但是你并不是田仿晓家的人。"

书生一怔，笑了："你刚刚说是，如何又说不是，我若不是田仿晓家的人，我又是何人？"

白玉堂笑了："你应该是六皇子家中的人。"

书生大惊失色："你……如何看出？"

白玉堂笑道："大宋皇子，衣饰样式，皆按数字排列，你靴子上印有狼形图案，自然是取天狼之意了，六数为狼，所以，你还应该是六皇子府上的人物。大凡在靴子印有六数图形的人，必是皇子府中的行走之人。我猜想你大概是皇子府中的护卫之流。"

书生怔怔地看着白玉堂："都说白玉堂心细如发，果然如此。如何你从我一双靴子上就看出这么许多……"说到此，他一时再也说不出话了。

白玉堂霍地站起身，淡淡道："阁下如果想与我说出实情，我可以听，但是我已经看出，阁下对我似有回避之意，我便没有兴趣听了。"说罢，他起身欲走。

书生笑道："江湖都传说白玉堂心高气盛，果然如此。如何说翻脸便翻脸呢？也太小气了些吧！"

白玉堂微微一笑："并非我小气，因为我们这番谈话，很不公平，想想看，我们已经交谈了很久了，而我却不知道你的姓名，你却知道了我的底细。如果今晚我们谈的是生意，我岂不是亏大了吗？"

书生笑道："说得好。我姓杨名光。是六皇子的护卫。"

白玉堂点点头："杨光。好，我记下了。后会有期。"他大步走出门去了。杨光送出门外，看着白玉堂已经纵身没进了暗夜，杨光脸上露出了微笑。

拾

王更年大人的府第整整热闹了一天。今日王更年给他年刚九十的老泰山做寿。府里上下张灯结彩，一片欢声笑语。前来拜寿的达官贵人络绎不绝，奉上的礼品也是众彩纷呈，或金或银或玉器，写礼单的先生笔下生风，一定也累得极苦。

自古至今，官员做寿，从来都是一个敛财的好办法。后唐时代，曾经有一个叫张颜的官员，从市井寻来一个老乞丐，装扮一番，充作老岳父，为其祝寿，于是，送礼之人纷至沓来，那张颜很是发了笔横财。看到此处，想到当下一些官员也多有此举，耳菜慨叹不已。

　　庭院里已经搭好了一座戏台。王更年请了东京城里几家有名的剧社来演出。这戏已经唱了一整天了。据说好戏还在后边。宽阔的庭院里摆下了几十桌酒席，十分丰盛。家仆们来往穿梭，忙乱着向庭院里端着饭菜。一些赶来祝寿送礼的人坐在那里一边吃酒，一边说笑，一边看戏。来祝寿的人还是不断地进府，这大都是从外埠赶来送寿礼的。王更年为官多年，门生弟子很多，得知这个消息，当然要尽一份孝心了。而且王更年的岳父早年当洛阳太守，他的一些门生弟子也赶来祝寿了。于是庭院里已经放不下这许多餐桌，一些餐桌已经摆到了亭廊里去了。

　　王更年一脸微笑，他陪老岳父坐在寿星席的一侧，家眷们喜气洋洋地围坐着，老泰山满脸笑容，此次来东京探亲，正赶上在女婿府上过他九十岁的生日。他时时举杯，与过来敬酒的宾客们礼让，与王更年脸上的微笑相映生辉。但是如果不细心去观察，是不会发现王更年脸上的微笑藏有几许苦涩。

　　天渐渐暗了，现在戏台上正在演出一场精彩的武打戏，戏子们灵巧的翻转腾挪的身段不时被喝彩。

　　又有一队戏子从后门被仆人引进府来，他们忙着在戏台的后边化装。

　　乱哄哄的人群中，谁也没有注意到展昭和白玉堂。当然，他们两人都是化了装的。乘着戏子们化装的时候，他们二人已经乘乱换成了仆人的装束，溜出庭院。

从没有不散的宴席。月亮升高的时候，王更年便搀扶着老岳父去歇息了。来祝寿的宾客们也相继离去了。忙累了一天的主仆们都早早歇息了。

夜色沉重下来时，已经喧闹了一天的王更年的府第已经是一片寂静了。不知何处传来轻歌之音，更显得这府中寂静。

刚刚王更年府上的豪华的寿宴，已经让白玉堂开了眼界。他暗下思忖，王更年素有朝中廉洁的声誉，尚且如此奢侈，那其他朝臣自不必说，也一定个个是纸醉金迷了。想起当年包大人在朝中为官，却是何等地廉洁奉公、克己自律啊。真是清者自清，浊者自浊。白玉堂心中慨叹，只身去了后院。他现在不知道展昭是否找到了马汉。

王更年府中后院，有一片花圃，菊花盛开，清雅幽静，月光很亮，但是月光下没有一个人影。花圃的后边，是一片青翠的竹林，竹林中似乎有人曼声轻歌，歌曲凄楚悠扬，似乎有着无限心事挥之不去，让人听来黯然神伤。白玉堂悟道，刚刚传来的轻歌之音，便是来自这里。

白玉堂轻步走近竹林，看到有三间明轩，门窗都是敞开的，一个白衣女子正在操琴吟唱。有一个中年仆人正在旁边侍奉。

那两个女子似乎已经不再年轻，但灯下看去，却别有一番风韵。白玉堂一怔，这弹琴的女子，他似乎在什么地方见过。他正待仔细看，忽听一阵喧哗，白玉堂调转目光去看，见一行人走过来，细看，竟是几个仆人簇拥着王更年来了。几个灯笼在园中闪亮，像几只火球。

他来做什么？白玉堂心里起疑。莫非这王更年来看望马汉？那马汉现在何处呢？白玉堂一点也不知道。他静静地看着王更年，但见王更年已经来到了操琴的女子面前。那女子身旁的仆人退下去了。女子起身躬拜。王更年似乎说了句什么，那女子便收起琴，进屋去了。王更年站起身，往回走了。这些都被白玉堂看在眼里，他不知道现在王更年搞得什么名堂，如何在后院中藏有一个弹琴的女子。

有风儿吹过，竹林中响起一阵轻微的竹叶撞击的声响。白玉堂一动不动，他在等待着那个中年仆人出现。他现在已经盯住了那个中年仆人，那个仆人会不会从后门或者什么地方离开呢？不会。白玉堂已经看过这里的环境，如果离开这后院，只有现在这一条小径。

后院几间房子的灯先后熄灭了。后院变得一片黑暗死寂，在月光下显得没有了生命。

白玉堂仍然没有看到马汉的影子。

但是他已经知道了马汉的行迹。

白玉堂就悄悄地潜在暗夜里，他已经算定马汉必经此路。

风渐渐大了起来，天空一片乌云卷来，掩住了月光，天空一时黑下来，阴得人心头发紧。夜风黑黑地吹着，让人感觉要出什么事情了。院中却无一点动静。白玉堂回忆刚刚那女子弹奏的那支曲子，他记忆中似乎在什么地方听过，但是他却一点也回忆不起来了。

后院中有了一些动静，是人行走的动静。白玉堂的心思收回来，他看到了那个中年仆人走出了一间屋子。

白玉堂有些得意，他看到了猎物，一个猎人看到猎物出现的时候，应该是很喜悦的，白玉堂现在应该就是这种心情。

那个仆人似乎观察了一下四周，看得出他是一个很仔细的人，仆人就向小径走来，走得很急。

如果有谁会在这黑暗之中向外走，当然是有急事。

白玉堂暗中一笑，嘴里发出一声夜鸟的叫声。

远处的另一片竹林里也发出一声夜鸟的叫声。

白玉堂知道展昭已经到了。

白玉堂潜身到了小径上，他已经看到那个中年仆人正匆匆走来了。白玉堂闪身出来，仆人怔住了，他没有想到有人会在这里拦截他。

白玉堂微微一笑："马兄，如何走到了这里？"

那仆人怔了一下，道："这位先生，您认错人了吧？"

白玉堂笑道："如此明亮的月光之下，我怎么会认错呢？岂不是辜负这如银似水的美好月光了吗？"

马汉也笑了："白玉堂，你如何会出现在这里呢？"

白玉堂笑道："自然是为马兄而来。请你随我去开封府。"

马汉长叹一声："白兄，我现在好有一比。"

白玉堂没有说话。目光紧紧地盯着马汉。

马汉道："事情至此，我百口莫辩。即使跳进黄河，也洗不清这一身罪名了。你一定会问我，那天为何在酒店下毒？我可以告诉你，下毒之人不是我。是谁？我不知道，但无论是谁，都一定是一个狠毒非常的小人，这计划之周密，实在让人无懈可击。但我只是不明白，他们陷害我所为何来？我现在更想找出真凶，但我一点把握都没有。但我知道一条，现在大家都认定我是下毒之人。"

白玉堂点头："不错，这一条我也知道，在没有找出凶手之前，你在任何人眼里都是真凶。这也是没有办法的事情。"

马汉点头："今天你一定要放我走才是。"

白玉堂摇头："不行，今日你一定要随我去开封府归案。我已经在这里候了你半夜，实在是辛苦。"

马汉冷笑："看来你今天是肯定不会放过我了？"

白玉堂刚刚要答话，马汉却拔出腰中的钢刀，飞似的夺面而来，钢刀一闪，劈向了白玉堂的当胸。白玉堂实在想不到，马汉会对他这样一击。这是拼命的一击，也就是说，对方已经将生死置之度外，这是与你同归于尽的一击。除非困兽犹斗，通常之人是绝对不会这样进攻对方的。白玉堂急忙转身闪过，他腰中的刀已经握在了手中，他刚刚要还击，腰后却疼痛了一下，知道自己中了一刀，手中的力量便消失了。他看到一个身影擦肩而过。白玉堂便一纵身，跳了出去。他转身去看，身后却什么也没有，只有空空的院落。马汉已经无影无踪。

白玉堂怔在了院子里，他没有去追。他当然明白，刚刚击中他的并不是马汉，而是另一个不曾露面的人。此人尾随马汉而来，却让白玉堂一无所知，确是一个高手。这个人会是谁呢？白玉堂一时想不透，但他想透了一点，卢方、蒋平也可能是被这个隐身不露的人击伤的。

白玉堂撕下一块衣襟，包裹住了伤口，心念一动之时，他猛地一惊，心中生出一阵难言的痛苦，他已经知道了刚刚袭击他的是谁了。

远处，一个身影飞奔而来。

白玉堂一动不动。他知道是展昭到了。

展昭走到白玉堂身边，低低地叫了一声："玉堂弟，你怎么了？"

白玉堂苦笑一声："展兄，我无能，竟是被他走脱了。"

展昭愣道："马汉吗？他如何有这样的手段？"

白玉堂叹道："马汉非是一个人，他当面与我交手，后面有人袭击我。只是这个人的武功深不可测。他在我身后多时，我竟一无所知。我真是太大意了啊。"

展昭皱眉道："看来我们今天夜里又失算了。"他皱紧眉头，此番失手，他还不知道如何向陆晨明交差。

白玉堂抬头看天，天色阴阴的，月亮掩进了云层，似乎要下雨的样子。

白玉堂转身看看展昭，缓声道："展兄，此处不是说话之地。"

展昭点点头，二人跃上院墙，一闪身，便消失在暗夜中。

方才是月光如洗，现在却是大夜如墨，真是一个叵测不定的夜晚啊。

壹壹

白玉堂和展昭在开封府外分了手，白玉堂没有随展昭去。他原路返回街中，他心里却是平静了许多，他已经有了一些感觉。他觉得马汉这件案子的背后一定非常复杂。

白玉堂忍住伤痛。他枯坐在街中的一个台阶上，他在思考下一步应该怎么办。

他待了片刻，似乎想起了什么，他站起身，去了万兴客栈。是啊，也许秦子林还住在那里，秦子林来东京绝不是偶然的，换句话说，他来东京也许就是等白玉堂的。也许在万兴客栈住的那几夜，白玉堂对秦子林说了太多的话。也许就是因为那些话，才使秦子林有了后来的行动。人世间，还有什么比朋友的出卖更为令人沮丧和伤感呢？

白玉堂砸开门时，那一个胖胖的店家满脸惊慌地从柜台上爬起，怔怔地看着白玉堂。

白玉堂笑道："我找我那位同伴。"

店家打量着白玉堂，他已经认出了白玉堂曾在他这万兴客栈里住过的。店家笑道："这位爷，你那同伴早已经走了几日了。"说罢，他打了一个重重的哈欠。

白玉堂皱眉问："你可知道他去了何处？"

店家摇头不知，他一张胖脸上挂着似乎很茫然的表情。

白玉堂自感问了一句废话。点点头，转身走了。

店家似乎不满意白玉堂打扰了他的好梦，他嘟嘟囔囔地转回身，突然又猛地转身，一串暗器打向了白玉堂。店家微笑着站在店门前，他看到走到院中的白玉堂软软地倒了下去，脸上显出很得意的神色。

店家吹了一声尖尖的口哨，店内闪出来了两个大汉。

店家的脸上微笑着，低声道："把这人拖走，埋掉。"

两个大汉答应一声，就上前来搬白玉堂。

他们刚刚躬身去搬，那白玉堂已经旋风般刮起，寒光一闪，白玉堂的钢刀砍翻了两个大汉，他飞身又扑上前去，钢刀已经架在了店家的脖子上。

这一切发生得太快，几乎让人透不出气来。

店家脸上的笑容已经僵住。

白玉堂微笑着摊开手，手里握着的是几枚透骨钉。正是刚刚店家向他击出的。

店家一脸颓丧，他实在不明白，明明看到白玉堂被击中倒下了。怎么会没有死呢？店家感觉自己刚刚是做了一场梦。

白玉堂笑道："你一定奇怪你为什么打空了吧？"

店家无奈地点点头："你的确身手不凡。我看走了眼。"

白玉堂用低低的声音说："到里边去说。"

店家脸色苍白地随着白玉堂进了客栈。

进了店堂，白玉堂看着一脸苍白的店家，冷笑道："刚刚若不是我小心了些，几乎要断送在你们手上了。是何人指使你袭击我的？你从实说来。"

店家低声说道："是你的那位朋友。"

白玉堂心头一寒。其实他已经想到了这一层，他问："我那位朋友去哪里了？"

店家皱眉道："他昨天走的，也没有说去哪里。他临走告诉我，如果你来找他，就让我算计你一回。谁会想到我能失手呢？"店家的语调十分沮丧，也许他暗算过许多人物，却从没有失过手。这一次失手，很让他恼火。

白玉堂问："你这店是何人所开？你们竟敢谋害人命。"

店家一脸不解："怎么，你竟然不知道这店是谁开的？你那位朋友没有告诉你，这店本是朝廷的眼线啊，我也不知道是谁让开的，但是我知道此店的主人是谁。"

"谁？"

"六皇子啊。"

"六皇子。"白玉堂一把揪住老板。他实在想不透，这黑店如何是六皇子开的呢？他心中已经悚然。万兴客栈背景很深，但是白玉堂无论如何也想不到此店竟会是六皇子所开。

"岂能是别人。客官，你怎么会不知道呢？你能住到这店里来，是你那位朋友带来的啊。常人是住不进来的。"说罢，店家慌慌地从腰中掏出一块腰牌。

白玉堂接过一看，果然是六皇子府上发的皇家腰牌。

店家问道："客官，不会差吧？"

白玉堂点头："不差。"他放了店老板，店老板如释重负，急忙做出一副媚态，给白玉堂沏上一杯茶来。白玉堂却摆摆手，无力地走出了万兴客栈。

白玉堂感觉自己现在十分疲倦。他腰部的伤有些隐隐作痛。他漫无目的地走在街上，思考着自己应该如何处理这件事情。他本意是想将这黑店交付开封府审讯的，从而审出秦子林的背后是什么。但是事情大大出乎他的意料。如果六皇子开的黑店，这店便是不能去报告开封府了。但是，如果不报告开封府，这个黑店还会经营一些什么样的罪恶勾当呢？

鼠器并存。白玉堂第一次感觉到了这个词的尴尬。

白玉堂突然想起了另一件事情，他猛地转身，向城西门去了。城门早已经落锁，白玉堂纵身一跃，跃上了城墙，再一纵，已经落身到了城外。

他去了东京城西二十余里外的青石山。

青石山上，一片寂静。

白玉堂走上山来时，只听到山中不时传来尖厉的狼嚎声。白玉堂听出这是一只头狼的叫声，似乎这头狼有什么难解的心事，叫声中有着悲愤与怨恨。

狼也似人一样心事重重吗？

白玉堂沿着山路一直向山上走去，清冷的月光下，他已经远远地看到了那一片坟茔。

壹贰

天光大亮时，白玉堂已经从青石山上下来了，他在青石山上坐了一夜，他似乎想透了许多问题。

白玉堂走进了东京城，直接来到了城东竹子街。竹子街是一条很僻静的街。这里是达官贵人喜欢居住的一条街道，它在热闹的东京城里，显得十分幽静。白玉堂曾经几次来过这里，他曾经奇怪秦子林如何在这竹子街买了这么一处住宅。若在京城买这样一个地方，是需要很多钱的。但他听秦子林讲，秦子林曾经一度经商，来往南北之地，贩卖皮毛与绸缎，大概是赚下了不少钱。秦子林这样说，但白玉堂还是感觉秦子林有些奢侈了。不仅奢侈，而且有些张扬，以秦子林的身份，是不应该在这里置买房产的。

而今天白玉堂走到竹子街上，他已经不再感觉秦子林奢侈，而是感觉到秦子林可疑。这不是一般的可疑，而是确凿的可疑。作为一个江湖上成名已久的杀手，直觉往往比证据更准确，更重要。

秦子林的家眷只有他的女儿秦莲。秦莲刚刚成家，她和她的丈夫季明扬就住在这里。白玉堂走进竹子街时，他突然感慨了一下，是啊，过去这是他常来常往的地方。那时，曾经驰骋武林的秦子林夫妇就住在这里。那和蔼可亲的云中英大姐常常跟白玉堂切磋技艺。云中英大姐舞剑时那优美的身段，简直让人感觉是在仙境，一柄杀人无算的利剑，在云中英大姐手中，竟是变成了一块潇洒飞舞的彩绸。那真是一段难忘的岁月，但是现在，云大姐已经作古多年。白玉堂现在站在竹子街上，还能感觉到云中英大姐那爽朗的笑声在街中飘响着。白玉堂心中一时很是酸楚。

竹子街往里走十几步，就是秦子林的住宅。秦宅的院门似乎刚刚装修过，还能嗅到门上的油漆味儿。白玉堂明白，这是秦莲的行为，因为，只有年轻人才会有这样的装修兴致。院中那棵柳树已经长得更加粗壮了，柳枝在风中摇动着，一些已经干枯的柳叶，飘落到院外。

白玉堂心绪复杂地叩响了门环。

开门的是一个青年女子。那女子突然高兴地笑了："白叔叔，您来了。我正盼着您来呢。快快到屋里坐。"说着，便高兴地朝屋中喊："明扬，白叔叔来了。"

一个精壮威武的青年男子迎在院中，向白玉堂深鞠一躬。

白玉堂忙上前还礼。

青年男子笑道："久闻玉堂叔叔英俊潇洒，今日一见，果然如此。"

白玉堂笑道："你便是季明扬？子林兄的爱婿。"

男子道："正是小侄。"

白玉堂笑道："英雄出少年，果然一表人才。"

三人就在院中的石桌旁坐下。秦莲与白玉堂叙了一番几年的别后之情，秦莲便告诉了一个让白玉堂心中生疑的消息，秦莲和季明扬已经被开封府招募做了捕快。

白玉堂笑问："你父亲同意吗？我记得他是从不与官府合作的。"

秦莲笑道："他从不管我们的事情，是一个宽怀的父亲，反过来说，也是一个不负责任的父亲。"

白玉堂大笑起来："秦莲啊，你说得极是，点破了人生一个道理。从来一个人行为做事都有两面的说法。有人骂你吝啬，则有人夸你节俭；有人夸你谨慎，则有人骂你胆小；有人骂你多管闲事，则有人夸你抱打不平，如此等等。其实人生多是尴尬，岂能尽如人意，只要不愧我心罢了。"

秦莲问道："白叔叔今天来，是不是找我父亲？"

白玉堂点头："是的，只是我不知道他在哪里。"

秦莲疑道："不对啊，父亲似乎知道这两天你要来的。他给你留了一封信，让你去六和塔找他。"秦莲取出一封信交给白玉堂。

白玉堂哦了一声，接过这封信，不知道怎么了，他的手有些抖。他强笑笑，又哦了一声，他没有展开信去看，而是把信装到怀里。

细心的秦莲还是发现了一些什么。她轻声问："白叔叔，您和我父亲之间发生了什么吗？我看您今天神色不大对啊？"

白玉堂心跳了一下，他几乎不敢面对秦莲那无邪的目光。他掩饰地笑笑："什么也没有发生，我只是想同他坐坐。许久不见了。"

秦莲摇头："白叔叔哄我，父亲说，你们刚刚见过面的。"

白玉堂笑道："我和你父亲有些事情要商量。"说罢，起身告辞。他现在真不愿意在此地久留了，这也许是他心中的一块伤心之地了。这院落，这街道，这人物，都曾经给他留下了许多美好的记忆，但是现在这一切竟变得十分苦涩。

秦莲忙道："玉堂叔叔，无论如何也要吃过饭才能走的。"

季明扬也挽留白玉堂："白叔叔，我还想向您讨教刀法呢。您今天就住下吧。"

白玉堂还是坚持走了。他感觉自己现在几乎有些把持不住情绪了。他的脚步踩在竹子街上，他感觉竹子街在流血。不，他感觉到是自己的心在流血。

秦莲和季明扬依依不舍地一直送白玉堂到街上，被白玉堂拦住，他们才不再送。

走出很远，白玉堂下意识地回头看看竹子街，见秦莲和季明扬仍然目送着他，秦莲脸上的笑容，在阳光下非常灿烂。

白玉堂一时心如刀割。

壹叁

今天开封府里热闹得很，展昭没有猜错，陆晨明果然已经招募了四个捕快。秦莲、季明扬、杨剑青、霍龙。陆晨明把这四个新任捕快介绍给开封府上的公人们。展昭纳闷的是，白玉堂今天没有来开封府点卯。昨天夜里，他从展昭手里借走了四个捕快，不知何意。

展昭很奇怪的是，秦子林的女儿秦莲和女婿季明扬，如何也会被陆晨明招募进了开封府。莫非秦子林与陆晨明还有什么私交不成？展昭当然知道一点，这些人都应该是陆大人亲自招募进府的。对官场来说，任人唯贤永远是一句空话。官场之中，任人唯亲是一个永远不变的用人法则，大可不必指责。反过来说，难道要求官员们任人唯疏不成吗？

众人相互见了，陆晨明便退了堂，徐庆便在堂上与秦莲、季明扬、霍龙、杨剑青攀谈。展昭没有心思，随便敷衍了几句，就去了开封府后边的驿馆，那里边住着还没有完全恢复体力的张龙、赵虎、王朝。展昭进来时，这三个呆呆地坐着，全是一脸晦气，他们实在想不明白，马汉如何会对他们下毒。

展昭问候了几句，便退了出来，此时已经是傍晚。展昭想着白玉堂，他现在不知道白玉堂正在做什么，但是他知道，白玉堂匆匆带走了四个捕快，一定是在做着对案件有用的事情。街上有风刮过来，展昭抬头看，天色阴得重了，忙加快了脚步。他刚刚进了家，大雨飘然而至。展昭突然有了些酒意，他现在特别想找人喝酒。但是十分遗憾，他不可能找到人喝酒的。

雷声在空中连连炸响，几道闪电撕开了夜幕。

大雨如注。展昭感觉自己胸中的闷气直是去掉了许多。看着门外的大雨，现在他十分怀念当初与包大人一起办案子的情景。

所谓来也匆匆，去也匆匆。少顷，雨收云散了。

雨后的夜常常使人心旷神怡，空气里有一种雨后的清香。展昭取出一坛酒，坐在院中独自饮着。雨后天空如洗，月光如银，在这样一个夜晚饮酒，应该是一个十分美好的事情啊。

也许就在展昭独酌的时候，东京城南山下的六和寺外，响起了脚步声。

　　高高的六和塔在夜色中像一个静默的僧人，它默默地看着这几位夜半的来客。

　　白玉堂带着开封府的四个捕快走到了六和寺下，白玉堂今天整整歇息了一天，他养足了精力，似乎只等到晚上这次行动。白玉堂让捕快们在塔下守候，不许任何人踏入塔内。他只身进了六和塔。六和寺依山而立，白玉堂并不是进寺，他只是穿过六和寺，沿阶而上，从后门上了六和寺后面的山。

　　后边的山不是很高，山中有一块平地，白玉堂走到这平地处，就看到平地处有一个石桌，几只石凳。一只石凳上坐着一个人，正是秦子林。秦子林正在喝酒。一只手拿着酒杯，另一只手拿着一只羊腿。石桌旁，是一只刚刚被宰杀的羊，明亮的月光下，白玉堂看到酒桌上淋漓着羊血。秦子林曾在大漠多年，生吃羊肉，是他的习惯。秦子林发出一阵爽朗的笑声。白玉堂也笑了，但白玉堂的笑声里却听不出快乐。清冷的月光下，白玉堂的笑容有些苦涩。

　　白玉堂每次见到这个人，心里都充满了敬重。他敬重这个人，也喜欢这个人。而现在，他心里充满了痛苦，还有什么？当然还有愤怒。他感觉怒火从自己的心底一直烧到了额头。他走上前去，目光盯着坐在石桌旁的秦子林。

　　秦子林笑道："我知道你一定会逃过那个客栈老板的暗算。"

　　白玉堂没有回答这个问题，他只淡淡地问了一句："刚刚分手几日，你可好？"他不想再多讲，事情到了如今，再说只是多余。

　　秦子林点点头："还好。怎么？你不想生吃一点羊肉吗？味道不错，生吃羊肉，人是会长力量的。"

白玉堂摇头："你知道，我从来不吃，太血腥了。"

秦子林笑了："当年的白玉堂纵横江湖，杀人无算，如何害怕血腥了？"

白玉堂在距离秦子林几步的地方站住："子林兄，我今夜要带你去开封府投案。"

秦子林静静地在酒桌旁坐着。

白玉堂问："你意下如何？"

秦子林喝罢一杯酒，淡然道："我自然不会去的，你何必问？"

风从山上卷下来，格外强劲，像是从白玉堂心底发出的狂吼。

白玉堂淡然道："怕是由不得子林兄了，你不去是不行的。"

秦子林淡淡地说："不喝一杯吗？"他在一只酒杯里斟满一杯酒。

白玉堂点头："好。是要喝一杯的。"

白玉堂走向石桌，从桌上拿起酒杯。

秦子林突然笑道："你不怕酒里有毒吗？"

白玉堂笑道："我自然不怕子林兄向我下毒了。"

秦子林动容道："谢谢你还能如此信任我。"

白玉堂向秦子林举杯："请。"他一饮而尽。他知道，这是他最后一次向这个人敬酒了。白玉堂一饮而尽，酒是好酒，白玉堂却饮得满嘴苦涩，扬手丢了酒杯，他身后响起酒杯撞在石头上发出的碎裂的声音。白玉堂已经听到是自己的心在碎裂。

秦子林似笑非笑地点点头，也一饮而尽，也扬手丢了酒杯。

又是一声碎裂的声响。

应该是两颗心碎裂的声响。

秦子林打破了沉默："我知道你会找我来的。因为我知道你很快就会知道一切的。我也知道你在追捕我，但是，你也应该知道，依我的性格，是不会束手就缚跟你去归案的。"

白玉堂沉默着。

秦子林继续说道："也许你已经掌握了我许多情况，自你来到东京，我就料定事情会出现麻烦……"

秦子林停住，他有些奇怪地看着白玉堂。他似乎搞不清楚白玉堂为什么不想说话。

二人沉默着。

白玉堂看看秦子林身边的剑，突然问道："子林兄，有人说这把剑原是云大姐给子林兄的定情之物，不知是否果然如此？"

秦子林沉默片刻，缓声道："心定情便定了，何以物定。"

白玉堂问："不知道你今年去过青石山了吗？我是问，你去给大姐上坟烧纸了吗？"

秦子林的声音暗下来："她今年的忌日还没有到。"

白玉堂笑道："其实她的忌日你怎么会知道？"

秦子林哑然。

一阵凉风吹来，片片树叶飘然而坠，白玉堂茫然四顾，心情一时怅然若失并夹带着些伤感，他突然感觉自己非常不喜欢这冷清的秋意，更不喜欢这夜半山中的秋意。他实在没有想到云中英这样一个江湖中人人敬仰的女侠，竟已经成了故人，而自己竟是无缘一见。一股倦意慢慢地袭上心头，他突然不愿再与秦子林争斗了。

秦子林道："你还没有说，你是怎么样知道是我做的。"

白玉堂摆摆手："不说也罢，其实从一开始我就怀疑你了。你有家不归，守在万兴客栈，其实你在做事情。做一件也许是很大的事情。而且梁月理大人召见我的事情，你一定知道，但是你不问。再有，你身在客栈，却似乎被客栈看管着。而且劫走马汉的当然是你，在我腰中刺了一刀的也是你。你平常使剑，却改作使刀，自然是为了瞒我，但是你忘记了，你的手法却是一样的。"

秦子林点头称赞："不错，你猜得很对。白玉堂还是当年那样精明。"

白玉堂问："我今天还有三个问题问你。或许是不情之请，但希望你能如实回答。"

"请问。"

"大哥卢方四哥蒋平，是不是你弄走的？"

秦子林点头："是的。我知道，这件事情也瞒不住你的。但是我可以告诉你，他们现在很安全。你不必担心。"

白玉堂摇头："我不得不担心。"

秦子林笑道："他们至少是你白玉堂的结拜兄弟，我不会做那种伤情害义的事情。"

白玉堂点头："如此最好。第二个问题，田仿晓是东京第一富商，他的府第在什么地方？如此富甲天下之人，如何我问了许多人，竟都是浑然不知呢，你一定知道。"

秦子林长叹："我也不知道田仿晓的府第在何处。有人说他根本就没有府第，东京城里，或者在全国，到处都有他的生意。其实，我们前些日子在得意酒楼吃酒时，那酒楼本就是田仿晓的买卖。"

"此事我后来已经看出，我能如此轻易得手，只是田仿晓假你之手，与我开了一个玩笑，世上本无什么张姓老板嗜赌，也本没有什么冯姓老板设局。我自作聪明，还自以为做了一件善事，想来真是可笑。"

秦子林道："田仿晓先生你应该见过了。"

白玉堂笑道："自然就是那个张姓老板了。"

秦子林道："他那天只是要用一万两银子试探你，看你对金钱的态度。但是他失望了。"

"你还没有告诉我田仿晓的府第在何处？"

"我真的不知道。玉堂弟，我秦子林当说则说，便是要说实话。不当说则不说，也从不说假话。或许他没有府第。"

白玉堂长叹一声："我明白了，大象无形，大音希声，大富无踪。是啊，全国处处都有田家的产业，便是处处都是他的府第了。"

"或许如此。你这样说，我也便是想到了。囊中有些银两，便要造屋起楼，此是小康人家的举动，并不是田仿晓这等人物的作为。"

"第三个问题，你做这一切都是为了什么？"

秦子林道："玉堂，我不能告诉你。但是我可以讲，苍天在上，我并没有做错什么。"

白玉堂长叹一声："我知道你会这样说。罪恶的发生，总是要有一个理由为它开路的。你在背后主使这件事情，到底是为什么？如果你不说……或者你今天不该来的。"

秦子林笑道："你想杀我？"

白玉堂点头："不错，我若不杀你，便不能制止你继续杀人。"

秦子林大笑："我明白，今天晚上，我们两个只能有一个活着回去。"他的声音平稳镇定，充满了自信。秦子林从来都是自信的人。何况，白玉堂多少年来，一直技逊他一筹。他看看白玉堂："玉堂，今夜一战，你有把握回去吗？也许不应该来的是你。"

白玉堂说："我之所以要来，因为我是白玉堂。"

秦子林点头："说得是。只是你今天晚上还回得去吗？"

白玉堂笑了，但是他笑得很冷："你说呢？"

对于秦子林，白玉堂一直甘拜下风的。可是今天，他突然有了战胜秦子林的渴望。这种渴望来自他内心的愤怒。这种愤怒激发了他的潜能。愤怒出诗人，那些仰天长啸的诗章，那些气吞山河的诗章，没有愤怒是不可想象的。现在的白玉堂应该说是一个诗人了。作为诗人的白玉堂，竟该如何呢？

秦子林突然沉默了。

白玉堂看着秦子林，他突然感觉面前这个男人像山一样强大。

秦子林端起酒杯，又自饮了一杯。

白玉堂看着秦子林，他的目光中有了许多痛苦。

命运是什么？白玉堂突然想起了两句话，实在是自己寂寞无诉，却说是愿意坚守孤独。明明是参透了玄机，却要说难得糊涂。这是一种大境界？或者是一种大悲哀？白玉堂在刚刚的路上，他已经悲哀地想过了，或许命运之中，他和秦子林已经注定要有这么一天吗？真要面对面地你死我活地拼上一扬吗？白玉堂感觉像有一根绳子紧紧地捆着自己和秦子林，挣不脱，甩不掉，解不开。他们只能这样被这条蛇一样紧紧缠绕在身上的命运绳索绑在一起，似乎有一只无形的手牵扯着他们，把他们拉进这个翻脸无情、对杀对拼的境地里的。

秦子林笑道："玉堂，想不到我们也有今日，刀剑相对，兄弟相残。真是世事难料啊。这是定数，还是变数？"

白玉堂皱眉："子林兄，我们别无选择吗？或者说，你自己别无选择吗？"

秦子林点点头："我此一生，从未想到过和朋友交手拼斗，尤其是你这样的知心换命的朋友。那天你在客栈里的话，本来已经说动了我，你走后的第二天，我已经在终南山里买了十亩果园，还盖了几间草屋，本想洗手不干，还想邀你到那里去住些日子，可是不行。我懂得了眼前无路想回头时，已经晚了。今天……"秦子林的声音有些沉重，他不再说。

一个人为什么总是为环境所迫，做出一些本心并不愿意做的事情呢？白玉堂想到了这个问题，以至于以后的日子里，他常常想到这个问题。

秦子林叹道："事情已经如此，我不想再说什么了。"

白玉堂静静地听着秦子林说话，他听得出秦子林心中像乱草一般的心绪在哀鸣。他甚至看到了秦子林的心里，乱草一样的心绪在狂风中飞扬。

深深的夜色像潮水一样暗暗地涌动，远山在夜色中显得更加遥远。风的声音不再尖锐，而变得低沉。风似乎在沉沉地叹息着什么。

是为这两个曾经知心换命的朋友走到今天定要拼个你死我活的地步而叹息吗？

朋友与朋友之间，为什么也总是充满了互相欺骗互相陷害互相拼杀呢？

无力的月光被几片匆匆奔走的乌云遮住了。

远处城中的灯火如豆。

似乎在梦境中。

白玉堂还是不愿意相信这就是现实。

人有时希望梦是现实，有时希望现实是梦。

秦子林转过身来，他的目光突然如电光一样射向白玉堂："玉堂，这两年来，你的武功又精进了多少？"

白玉堂笑道："片刻你就会知道。"

秦子林道："你还有什么放不下的心事？"

白玉堂道："我孤身一人，无牵无挂。没有什么放不下的心事。"

秦子林仰天长叹一声："我不似你。两年不见，我很难说有必胜的把握，我万一今天败在你手里，希望你能替我做一件事。"

白玉堂点头："我会尽心尽力。"

秦子林道："你的话使我放心了。酒桌上有一封信，压在酒杯下边，我要拜托你的话全写在上边。我若倒在你刀下，请你取走这封信。"

白玉堂点头："好的，我知道你会嘱咐我些什么。"

秦子林一怔，哦了一声："好的。"

白玉堂突然长叹一声："子林兄，今天你必败无疑了。两军对阵，你心事重重，已经先败了三分啊。"

秦子林突然狂叫起来："白玉堂，你的话是否太多了一些。出手吧。"

秦子林拔出剑来，剑气漫卷起来。白玉堂顿时感觉到一股山一般强大的力量压迫得他向后退去，但是他不能退，他拔刀迎了上去。此时的白玉堂，已经心如止水，他的刀像一排排雷霆向对方压过去了。

过了许多年，白玉堂仍能想起他与秦子林这一战，他们都是为着各自的尊严而战。尊严是什么？尊严并不是别人对你的承认和崇拜，而只是你对自己意志和情感的忠实。尊严是孤独的，它应该是一头在荒山野岭之中侧首远望的猛虎，它是强大的，它不需要喝彩。如此说，尊严是荒凉的，它应该是一首苍凉的悲歌，它也应该是一曲雄壮的天籁，它会在自己的意志和情感中尽情地长鸣。

一阵阵狂风卷起，刀光剑影搅动着狂风。

二人被刀光剑影包裹得密不透风了。

……

到狂风歇止时，守候在寺外的捕快们听到了寺门响。

四个捕快手持火把拥上去，看到白玉堂一脸苍白地走出寺来。他的左臂有血在泅出来。他的步子有些沉重而缓慢。

"白英雄……"两个捕快冲过来，他们要搀扶白玉堂。他们被白玉堂身上的血腥气扑得几乎倒退。

白玉堂摆摆手："我没事的。你们去到城里最好的棺材店买一口最好的棺材来。账记在我的名下就是了。"

这时，突然有人惊呼着跑过来："玉堂叔叔……"

白玉堂定睛一定，却是秦莲。秦莲的后边跟着季明扬。

秦莲气喘吁吁地奔过来："玉堂叔叔，你见到我父亲了吗？"

白玉堂一怔："你们怎么来了？"

秦莲急道："明扬说，你上午走的时候，脸上有些杀气，我们越想越怕，便过来找你了。我父亲呢？你见到他了吗？"

白玉堂点点头："见过了，他在山上边……"

"他没……事吧？"秦莲颤颤地问一句。

白玉堂无力地说道："……他被我杀了。"

"什么？……"秦莲大惊失色。

"为什么？"季明扬大声问白玉堂。

"你们什么也不要问了，我已经差人去买棺材去了。"白玉堂冷冷地说。

"你……"秦莲大叫一声，昏了过去。季明扬忙抱住了她。季明扬怒吼道："白玉堂，你怎么可以这样？你们不是多年的兄弟吗？"

白玉堂淡淡道："你说得不错，早知现在，何必当初。人们常常犯下这样遗憾的错误。我白玉堂也不能免俗。"

"你说清楚。"

"清者自清，浊者自浊。后人自有议论。"

季明扬怒道："你今天必须对我们说清楚。"他的目光中透出了仇恨，他的手已经拔出了腰中的剑，剑刃上暴跳着杀气。

白玉堂看着季明扬："你不是我的对手，你现在是要看护好秦莲。再者，你现在已经是开封府的捕快，不可滥动杀机。"说罢，他转身便走。

季明扬咆哮道："白玉堂，你站住。"

白玉堂脚步停住，似乎想回过头来，他却并没有回头，他淡淡地说了一句："明扬啊，你还是先看护好秦莲，她似乎受了惊吓。另外，我希望你们不要卷入这场是非。如果你们卷入了，我劝你们立刻罢手。"

季明扬一愣："白玉堂，你所指何事？"

白玉堂长叹一声："你我心知肚明。"说罢，他大步走了，他身后弥漫着一片血腥之气。

看到此处，耳菜已经深深为朋友二字悲哀。如何一对生死朋友会变成不是你死就是我活的对头了呢？世界上常常发生这种让旁观者伤感至极的事情。一些大贤大圣们也常常逃不出这个人生的怪圈。而这种反目拼杀的事情，往往与利益无关，就更让后人感觉到朋友二字的艰难。

壹肆

　　白玉堂现在开始按自己的计划行事了，他决定要把万兴客栈的事情处理掉了，他不能再为六皇子这黑店的老板而投鼠忌器了。秦子林已经死了，那么支使秦子林的人真是六皇子吗？如真如万兴客栈老板所说，此店是六皇子所开，那么这个店便是一个皇家办的客栈了？如何会生出这么多奇怪的事情呢？他现在必须打开客栈老板的嘴，哪怕由此得罪皇家。因为这里才是解开秦子林之谜的关键所在。他脚步匆匆地奔到万兴客栈的门前，夜已经深了，客栈的门却虚掩着。白玉堂推开客栈的门，不曾提防，一股血腥气迎面扑来，他心下自是一惊。定睛看时，心登时悬了起来。

　　客栈里竟是一片死尸。

　　白玉堂猛地拔出刀来，大步奔进店堂，见那胖胖的店主已经死在了柜上。几个店中的伙计也躺在了鲜血淋漓的地上。店内四壁，血染狼藉。

白玉堂懵懵地看着这一切，一时理不清头绪。他想不透是谁下如此毒手。看起来，就在适才他跟秦子林大战的时候，这里发生了一场血腥的屠杀。

白玉堂一时有些心灰意冷：莫非世间的事情一定要用鲜血来解决吗？人不犯我，我不犯人。这是他这些年做人的原则。而现在，这个原则似乎已经不存在了。他自感心中的杀机像狂风一样鼓荡。他大喝一声："何人下此毒手？"

空空的客栈，无人回答。

白玉堂长叹一声。忽听门外有人大声喊："白玉堂，你出来。"

白玉堂一愣，转身走出了客栈。

客栈门口站着一个人。那人朝他笑着。

白玉堂也禁不住笑了，这人正是那天和秦子林见到过的那个女扮男装的书生。白玉堂笑的是，她现在仍然是女扮男装。

"白玉堂，你来此做甚？"她已经不再拿腔拿调了，真正一个女子清脆动听的声音。

白玉堂疑问："你来此干什么？刚刚是你喊我？"

"我感觉此地发生了凶杀？"

"你……如何知道？"

"此次凶杀是不是你做的？"

"你这样认为？"白玉堂嘿嘿冷笑了。

"我在问你。"女子突然有些生气了。

"你何不随我进去看一看？"白玉堂拔步想再进客栈看个仔细。但他突然站住了。因为这女子突然说了一句话，一句白玉堂非常想听到的话。

"你想不想知道是谁这样干的？"

"谁？"白玉堂冷眉看着女子。

"咱们换个地方谈，好吗？"女子突然低声说。说罢，猛地转身就走。

白玉堂紧跟在她身后。

女子走得很快。走过两条街。前边是一家酒楼。此时已经是夜深人静。这家酒楼的却灯火通明。女子回头对白玉堂道："咱们不妨进去坐一下吧。"说罢，先走了进去。

白玉堂稍稍犹豫，便也跟了进去。店中没有食客，似乎这酒楼开着只是为了等白玉堂和这个女扮男装的女子。

店家小二欢快地迎过来。女子点了两碗肉丝面，小二便去做了。

白玉堂和女子对面坐下，女子朝他微笑着，白玉堂不得不承认，这的确是一个漂亮的女子，似一朵含苞待放的桃花。而这样的漂亮女子不应该是舞枪弄剑的，而美丽的桃花也不应该出现在这深秋的深夜。女子看看白玉堂，笑道："在这深夜时分，已经没有酒店开张。但这家酒店仍然开着门，你能猜出为什么吗？"

白玉堂摇头苦笑："你来找我就是谈这个吗？"

"你还没有回答我的问题呢？"女子似乎不大高兴了，她任性地追问。

"好，我回答你。因为这家酒店是你自己开的。你就是这里的老板。"白玉堂没好气地说。

"好。果然聪明。真不愧江湖传说的聪明绝顶的白玉堂。"女子称赞道。

白玉堂苦笑："这也算？"

小二做好面，两碗热腾腾的肉丝面被端上桌，还有一壶酒。

女子笑道:"当然算。请吃面,这里的面味道不错。"

白玉堂却不动筷子。

女子疑问:"你如何不吃,这面是不错的啊。"

白玉堂笑道:"我自然知道这面不错,可是姑娘可曾知道,世上还有一种面更好,却是不好吃。"

女子一愣,笑了:"还请白义士指教,是什么面?何处的风味?"

白玉堂笑道:"情面。这情面很好,人间的风味,却是不好吃。吃下去,便是欠下了。"

女子击掌大笑:"了不起,你连这个都知道啊。"女子高兴地叫起来。

白玉堂笑道:"但是我还是不知就里,姑娘把我喊到这里来,就是为了请我吃这碗肉丝面吗?"

女子微笑道:"你果然聪明。"

白玉堂把目光射到墙上。墙上有几张条幅,大都写着唐人的诗句。白玉堂拱手朝女子道:

"柳姑娘一笔好字,真是巾帼才俊。"

女子笑道:"你这是何意?"

白玉堂苦苦一笑:"请多多原谅,这几日我奔波得辛苦,为找我大哥和四哥,心乱如麻。刚刚真是莽撞了,还望姑娘原谅。姑娘的情面我已经欠下了。"

女子微微笑道:"你并没有欠我什么啊?"

白玉堂笑着看墙上:"这几幅唐诗写得不错,我想这墨宝必是姑娘的手笔。我有一个朋友叫柳青,柳青有一个妹妹名叫柳燕,诗琴字画,样样了得,看来姑娘必是柳燕姑娘了吧?我想那日在客栈给我寄刀留柬的便是你了。"

女子脸一红，笑了："想不到你看出了破绽。不错，我就是柳燕。"

白玉堂道："你也想不到我已经记住了那柬上的笔迹。好了，柳姑娘，白某快人快语，万兴客栈遭此横祸，请问柳姑娘，应该是何人所为？"

柳燕点点头："不知道白义士在客栈中还看到了什么？"

白玉堂懊恼地说："一时情急神乱，几乎没有细看。"

柳燕点头："如果看得不仔细，我可陪白义士再去看看。不过，此番前去，白义士万万不可莽撞了。"

"此话怎讲？"

"我只是说说而已。"

二人同时站起身。两碗肉丝面，仍然放在桌上。

二人重新来到客栈，白玉堂委实吃了一惊。客栈门前，竟是有几只灯笼高高悬挂起来。而且店门大开，一个店小二迎出来，嘻嘻笑道："二位客官，住店吗？"

白玉堂几乎要喊出声来，但他掩饰住惊讶，点点头，回头看看柳燕。柳燕竟是一脸平静。她用目光示意白玉堂进去。

二人跨进店去，只见一个瘦瘦的店主迎出来。白玉堂委实吃惊了，这刚刚已经死去的胖店主去哪里了？而且店内已经收拾一新，一点血迹也没有了。

店主微笑道："二位住店吗？"

白玉堂问："这里是万兴客栈吗？"

店主依然微笑道："自然是万兴客栈，东京城里没有第二家万兴客栈了。"

白玉堂一把揪住店主："告诉我，这里刚刚是不是杀过人的？"

店主惊慌地说："你说什么啊？什么杀过人啊？客官你没睡醒啊？"

柳燕用扇子轻轻击打了一下白玉堂："你别跟人家急嘛。"

白玉堂看看柳燕，心里稳了稳。就笑道："我跟老板开个玩笑。"

店主不高兴地小声埋怨："这位客官啊，这种事情怎么好乱开玩笑的，弄不好要吃官司的，小人可担待不起的。"

柳燕笑道："你这个店还有多少房间啊？我们一起来的一共有十多个人呢，他们都在路上，即刻就到，你们这里住得下吗？"

白玉堂微笑着看店主，但是他的心里已经飞快地思考着，刚刚那些死尸哪里去了？那些人真的是被杀了，还是诈死？

店主惊讶地看着柳燕，他有些慌张地摆摆手："一共十多个人啊？不行，不行，小店今日已经客满。还望到别处去寻吧。对不起了。"

柳燕叹口气："给你们送些银子你们还不要啊。咱们走吧。"她扯住白玉堂，走出店门。

瘦瘦的店主送二人出门。

刚刚走出几步，柳燕低声对白玉堂说道："走快些。"

二人大步如飞。跑出两条街，柳燕突地站住。她回过身来笑道："白玉堂，我们就在这里如何？我实在跑不动了。"

白玉堂再看柳燕，月光下，他看柳燕虽然面带笑容，但脸色已经是白纸一般了。

白玉堂问："你怎么了？"

柳燕苦笑道："难道你看不出，咱们两个险些把命丢在那里的。"

白玉堂笑问："你如何看出？"

柳燕道："我其实早已经看出。刚刚这里已经经历了一次残酷的屠杀，当然是为了杀人灭口。他们用了很短的时间便清理了现场，或许你第一次进去的时候，他们已经在里边了。只是他们摸不清楚你的底细，而不敢轻易动手。而现在他们已经严阵以待，迎你我进去，张网捕雀。只是他们并不知道咱们一共来了多少人，才不敢轻易动手。若动手，你我怕是今天便死在那里了。"

白玉堂摇头："但凭他们这些人，谅也……"

柳燕打断他的话："我相信你的武功，可是你知道吗？他们店内的墙中或许布满了暗器机关，防不胜防。"

白玉堂听了，忙拱手谢道："多亏柳姑娘。"他又问道："柳姑娘，你是如何知道这些的？"

柳燕苦笑道："我曾经随哥哥在东京经商几年，东京城里的一些买卖我还是了解一些底细的。这家客栈，原就不是本分的生意人开的。你当初与秦子林住在这里，我已经有些奇怪了。那秦子林如何能住在这里呢？除非他与皇家的人有联系。"

白玉堂苦笑："柳姑娘如此历练，真是让白玉堂看走了眼。"

柳燕道："其实那天我去偷听你与秦子林的谈话，我故意惊动你们，只是想给你白玉堂提个醒。我不想你莫名其妙地死在这店里。"

白玉堂拱拱手："多谢了。但是柳姑娘还没有告诉我，这万兴客栈到底是谁人开的？"

"听人传说，是六皇子所开。"

"我也听说过，而且是听那个胖店主说的。"

"但真相并不是这样，六皇子并不是这里真正的店主。"

"那么谁会是老板？"

柳燕看着白玉堂，几乎是一字一句地说道："你自然知道，何必再问？"

白玉堂笑道："是田仿晓。这已经不是问题，东京城里大多是田家的买卖。"

柳燕似乎不想再谈这个话题，她问道："我已经听说了一件大事，你与秦子林决战，你杀了他？"

白玉堂点点头："因为他现在作恶已经太多，我只能以杀止杀了。"

柳燕长叹一声："你们是多年的生死朋友，如何走到这一步田地？"

白玉堂淡淡地说道："朋友缘在志同道合，若志不同，道也不同，朋友便是没有了。"

柳燕问："不知道你找的人可否有线索了？"

白玉堂摇头："全无一点头绪。那天我去了悦人客栈，可是却扑空了。"

柳燕看着白玉堂："其实也怪我，我得知消息晚了些，他们是在你刚刚去的时候，就已经把人转移了。你在那里见到谁了？"

"见到了一个叫杨光的人，自然，这未必是他的真名字，但是我弄清楚了一点，卢大哥蒋四哥，的确被他们劫持了。"

"如果换作我，不会这样想，卢方和蒋平会不会有别的隐情呢？"

白玉堂点头："你说得极是，我也这样想过。我现在已经对姑娘敬佩起来了，你真是一个十分精明的姑娘啊。"

柳燕笑了。她笑得有些羞涩。

壹伍

陆晨明已经放开人马在城内缉拿散花仙女飞天蜈蚣还有马汉，并连带寻找失踪的卢方、蒋平。刚刚招募的秦莲、季明扬、霍龙、杨剑青，还有从周围各县调来了百余名捕快，都在东京城里寻访查找。但是几天过去，却仍然没有一点线索。这些被缉拿或者被寻找的人物，似乎一下子从这个城市里地遁了。

展昭现在正走在街上，他对缉拿散花仙女飞天蜈蚣已经不抱希望。他只是奇怪马汉、卢方、蒋平如何会无踪无影，他还奇怪白玉堂这几天也一直不照面了。展昭心情十分抑郁，陆大人已经将他和徐庆严厉训斥过几次，要他们尽快捉拿马汉归案，但现在马汉在哪里呢？那天夜里，马汉从王大人府中跑走了。马汉能去哪里呢？又能到何处缉拿马汉呢？展昭心中一点思路也没有，他感觉自己的心中似长满了乱蓬蓬的野草，而且这些野草在疾风中狂飞乱舞，毫无章法。

展昭走在街上，见开封府里的许多捕快都在街上散游着，他还看到了秦莲和季明扬、霍龙、杨剑青在街上游动。他们都是化了装的，在等飞天蜈蚣和散花仙女，在等马汉，可是这些钦犯们会自投罗网吗？展昭无奈地笑了。

黄昏的时候，展昭十分惆怅地回到了住处，屋门竟是开着，他心里一动，问一声："哪位不速之客？"

屋中的人笑着站起身："刚刚两日不见，怎么会成了不速之客？"

展昭笑了。

白玉堂正坐在屋里饮茶。

"玉堂弟，有什么线索吗？"展昭没有信心地问了一句，他实在不敢奢望白玉堂会带来什么线索。

"真是有线索。"白玉堂却笑了。

"什么？讲来听听。"展昭的声音里有些兴奋。

白玉堂讲了万兴客栈的事情，但是他发现展昭却并没有兴趣听。白玉堂很奇怪地看着展昭："怎么，你不感兴趣？"

展昭点点头："是的。这家客栈，本就在我们的视野之中。那是田仿晓出资，为皇宫中的一位皇子开的一家客栈，是为了招揽天下英雄的地方。开封府无力干涉。那里发生的一切，开封府无权过问。你去那里，实在是有些不智。"

白玉堂看看展昭，他长叹一声："展兄，我感觉你已经不似当年那般敢作敢为了。那里明明是一个黑店，而且还是一个可能牵扯到许多重大机密的黑店，我们如何不去缉拿那里的疑犯呢？我感觉，马汉很可能藏身在那里。"

展昭摇头："也许不会。因为皇家皇子开的客栈，如何会收留马汉这样的钦犯呢？开封府已经下令缉拿马汉，马汉总不会逃到那里去吧？"

白玉堂冷笑："王更年大人倒是皇上的宠臣，如何马汉会窝藏在他的府上呢？"

展昭哑然。

白玉堂道："展兄，马汉一事，现在看起来复杂得很。我感觉朝廷如此下气力缉拿他，还并不是单单因为马汉下毒之事，也许另有隐情。你想想看，如果能让皇上如此动怒，能让开封府两任知府战战兢兢，单单一个马汉，何至于此呢？"

展昭点头："你说的这些，我并非没有想过，而且马汉下毒一事，疑点颇多。我还有一事，说出来你不要多心。"

"你讲便是。"

"我感觉卢方、蒋平与马汉是同一起案子中的知情人。如果再分析下去，那么他们与散花仙女飞天蜈蚣应该有着某种联系。"

"我不明白你的话。"

"你想想看，散花仙女只是去皇宫盗窃了一把宝剑，至于让皇上如此动怒吗？"

白玉堂笑了："当然不会，区区一把宝剑，即使说成是太祖的传世宝剑，皇上怎么会如此看在眼里。即使盗贼窃了去，哪个敢拿出来招摇过市呢？我想皇宫之内如果真的是丢失了什么，那么也一定是很重要的东西。"

展昭点头："一定是比宝剑更重要的东西。"

白玉堂道："再者，即使果真是这宝剑之事，也是疑点颇多，我阅历浅些，但是我也从未听说过太祖爷曾经留下过什么宝剑。展兄，这里边或许是……"他看看展昭，不再往下说。

展昭苦笑："好吧，我们彼此心知肚明，不要再讲了。说另一个事情，你寻找卢方和蒋平有何消息？"

白玉堂摇摇头："那天晚上，我和你分手之后，我接到了一封寄刀留柬，我按照留柬中的指点，去了悦人客栈找卢大哥和蒋四哥，却扑了空。但是我遇到了一个人，我跟他谈了几句闲话，我悟出了一些事情。"

"你悟出了什么？"展昭目光疑虑地看着白玉堂。

白玉堂点头："展护卫，我感觉你有许多话没有对我讲明，今天，我希望你把包大人辞职的前因后果对我详说，我并非好奇，只是为了同心协力侦破此案啊。"

展昭愣了一下，叹了一口气，他目光空空地看着窗外："此事当年包大人叮嘱我不对别人说起，你既然已经看出了一些马脚，我告诉你也无妨了。包大人辞职，原因有二。先说第一个原因，一年前，包大人察觉东京商人田仿晓向朝中大臣行贿，包大人忧心忡忡，他担心一个商人介入朝政，不仅与朝廷体例不符，长此以往，朝中文武，也会被田仿晓腐化了。为亡羊补牢计，包大人连上了三道奏折，希望朝廷降罪田仿晓。但是皇上并不理会包大人的奏折，得了田仿晓好处的朝中文武，也聚集起来弹劾包大人。包大人也由此获罪，才辞职还乡的。外人传说包大人是辞职，可人们并不知道包大人是不得不辞职的啊。我们几个也曾经想过与包大人一同走，后来公孙先生说，包大人肯定还能回来的，他要我们在开封府继续调查田仿晓行贿之事。"

白玉堂问："原来如此，你们调查得如何了？"

"谈何容易，我后来才知道，不仅朝中文武大臣被田仿晓拖下了水，连开封府中的一些人，也与田仿晓来往多多。我不用多说，你也明白。"展昭慨然长叹。

白玉堂明白展昭是在说卢方和蒋平。他点头说道："那田仿晓行贿，无外乎想在朝中找一些重臣做后台罢了。一介商人，攀龙附凤，也算是俗人之常情。"

展昭道："这仅仅是包大人辞职的第一个原因。包大人辞职的第二个原因，也是最重要的原因，是包大人为皇子之事，得罪了圣上。"

白玉堂哦了一声，继续听展昭说下去。

展昭道："两年前，皇上突然废掉了太子，要重新册封太子。皇上一共有十七个皇子，皇上不想立大皇子，是看中了四皇子。四皇子聪明好学。但是，朝中却是争论很大，尤其是另外几个皇子，以六皇子为首，都为此事攻击四皇子，四皇子的出身让众皇子有了口实。于是皇上也便犹豫不决了。"

白玉堂疑道："四皇子有何口实？"

展昭道："这个四皇子，实际上是皇上的义子。是当年皇上出巡时，在民间收下的一个义子，并不是皇上亲生……"

白玉堂惊得呆住："什么？"

展昭道："的确如此。此事当是天下绝密。开封府里除却包大人、公孙先生和展某，再无人知道此事。皇上对四皇子偏爱至此，实在有些令人不解，无论如何也不应该把四皇子册封太子的啊。大宋血统，岂不是由此断续。包大人几次上奏，力谏皇上不可册封四皇子。"

白玉堂疑虑重重地问："此事真是奇了，只是那四皇子最后又是如何失踪了呢？"

展昭摇头道："真正的原因我还不清楚，但也许与六皇子有关，因为六皇子也想册封。六皇子的师父是一个很有心机的人，他在朝中很有人缘，而且他的朋友也很多。六皇子的师父也是一个武林中人，在江湖上是很有些名声的。"

白玉堂问："是不是牟双峰。我听说此人曾经被包大人审讯，关在了大狱之中。"

展昭点头："不错，正是牟双峰。玉堂弟见过此人？"

白玉堂道："从未见过，我只知道此人易容术极高，神出鬼没，行无定址。此人原是江湖术士，善奇门遁甲，曾一时声名赫赫。后因参与一件掘墓案，被官府通缉，便匿名隐退。此人诡计多端，有道是恶人远离，江湖中人唯恐避之不及。难道六皇子不知道此人品行吗？"

展昭叹气："说起来是皇家大不幸，此人与六皇子竟是一见如故，六皇子还留下他做了师父。此事还不算完，岂知皇上与牟双峰见过，竟也被此人迷惑了。皇上也很喜欢牟双峰了。于是，牟双峰便在朝中横行霸道起来。去年，包大人接到一件沉冤多年的命案，与牟双峰有关。包大人奏明圣上，要缉拿牟犯，却被圣上拦下了。但是包大人担心此人将来必是朝廷的隐患，便硬是秘密将此人关进了开封府大狱，准备将此人长期监禁。不料走漏了风声，六皇子便在皇上面前诬告包大人，皇上大怒，骂包大人滥权枉法。包大人由此获罪，这也成了包大人不得不辞官回乡的第二个原因。"展昭眉宇紧皱，他顿了顿，摇头长叹一声："包大人走后第三天，牟双峰便被皇上赦免了。我不知道包大人若听到这个消息，会做何想呢？"

白玉堂听到此处，不禁悲声道："包大人冤矣。"

展昭点头："如此包大人便是开罪了两个皇子。"

白玉堂问："现在牟双峰身在何处？"

展昭摇头："已经不知下落。有人说他仍在东京城里活动。"

白玉堂轻轻叹了口气，又问："我听江湖上传说，包大人回乡之后，四皇子似乎开罪了皇上，皇上便撤销了册封之举。四皇子也由此失踪了，有人说，他已经削发出家了。看起来，他已经无意于皇宫之事了，这也在情理之中。一个义子，如何能够册封太子呢？只是不知道皇上为何不立六皇子呢？"

展昭道："你刚刚说四皇子开罪了皇上，这是猜测。四皇子失踪了，这也是令人颇多猜测的事情。他也许有自知之明，自己不是皇家血统，册封太子根本无望，即使皇上一时心血来潮，但整个皇族，也是不会同意的。他或许也不愿看到皇子们之间相残，便悄然离开了皇宫。皇上便有些伤感了，如果不准备册封四皇子，也许四皇子根本不会走。皇上大悔，也许他已经看出四皇子不可能册立，但是，他也对六皇子失去了信心，因为六皇子曾经派人刺杀四皇子，这件事情被皇上知道了，而且听说六皇子身边江湖高手颇多，皇上疑心顿起，便没有册封六皇子。六皇子便由此隐遁了，朝中人都不知道他的去向了。也有人说他在江湖上纠集高手，已经成为了一个势力很强的集团，但没有人知道他的活动。"

白玉堂皱眉："如此暗中结党营私，朝中便不会安宁了？"

展昭叹道："朝中众臣对此都惴惴不安，皇上也十分恼怒，当然，他也十分恐慌，如果六皇子猖狂下去，也保不准闹出什么宫中政变之事来呢。于是，皇上就派人四下缉拿六皇子，但此事毕竟是皇家的丑闻，皇上不便去讲。其实我心中也明白，近来朝中出现的诸多怪事，幕后都是六皇子啊。"

"此事真是重重迷雾。"

"我想，近来朝中发生的飞天蜈蚣散花仙女的案子，也许跟六皇子有关。"

"六皇子广交江湖高手，已经不是什么秘闻。这二人如果是六皇子所指使，也不奇怪。我只是担心江湖上又要掀起一场腥风血雨了。我还担心田仿晓这样的富商也保不准会参与其中，事情便会复杂起来了。"

展昭忧心地说："此事也正是我所担心的。田仿晓富甲天下，与皇上也是好友。与六皇子交往也颇深，如果他与六皇子勾结在一处，就是大宋的不幸了。朝中一些文武大臣，拿了田仿晓的钱财，自然会事事护佑田家。于是田家的生意越做越好，连南方的一些朝廷把握的盐业，田仿晓也掺和进来了。那田家分明是在挣我大宋的钱啊。我总在想，田家已经成了大宋身上的一只寄生的虫子。长此以往，怕是要动摇江山社稷啊。"

白玉堂问："展兄认为田仿晓和马汉一事有何联系？"

展昭道："现在还不清楚。但我的直觉感到，马汉一案，必定与六皇子有关。如果与六皇子有关，也就必定与田仿晓有关。"

白玉堂想了想，又问："开封府上的其他人知道这些吗？"

展昭道："我想他们都不清楚。因为四皇子之事，乃是朝中机密。公孙先生临行前只对我一人讲了。公孙先生还讲，事情会远远大出我们的预料。"

白玉堂似乎有所悟："前一段时间，秦子林行迹不定，他必定与六皇子有关联，也就必定与田仿晓家有关联了。他在竹子街上有一套豪华的住宅，他曾经对我讲过，这都是他当年经商所得。现在看来，并非如此，我想他与田仿晓过从甚密。我想竹子街的住宅，定是田仿晓家赠送秦子林的了。"

展昭摇头："我没有想过他与此事有联系。秦子林一向是一个独行侠，他从不参与江湖中事，更不消说朝中之事了。我不知道你如何会与他决斗？你们一向是很好的朋友啊。你如何会让他死在你的手上呢？"展昭满脸疑惑地看着白玉堂。

白玉堂长叹一声："此事我有苦衷，现在还不便说，但是秦子林实在是参与了许多他不应该参与的事情啊。我与他决斗，也是无可奈何的事情。杀他也是以杀止杀。只是，他的尸体现在没有找到，真是怪事。"

展昭皱眉道："看起来还是在江湖上做闲云野鹤为好啊。四海为家，国家之事，不闻不问，乐得心中安静。玉堂弟，我现在真有些想跳出这官场了。"

白玉堂摇头苦笑："展兄，你岂不是在说梦话，现在的江湖，也已经是风雨如晦了。一些江湖中人，大都与朝廷中人有着联系，明为攀龙附凤，实为利益分享。连秦子林这样的人物全搅了进来，哪里还有什么闲云野鹤之人啊！"

展昭重重一叹："你说得是啊！"

白玉堂道："我现在只是担心，卢大哥、蒋四哥是不是也参与了六皇子的行动。如果他们陷进去，事情可就麻烦了。"

展昭看看白玉堂："既然你说出，我也可说出了，这二人失踪得全无道理，不由得不让人猜测，他们与六皇子也曾经来往过。仅我知道，他们也曾经是田家的座上客。玉堂弟，我记起了刘禹锡的两句诗，经事还谙事，阅人如阅川。我知道，如果卢方、蒋平与田仿晓有了那种金钱的关系，这对你的感情确是一个打击。"展昭不再说，他看着白玉堂。

二人一时无语。窗外有风，风在窗子上沙沙作响，弄得人心更乱。

闷闷地坐了一刻，白玉堂道："我们还是先找到卢大哥和蒋四哥吧。我想此事奇怪，他二人还不至于如此。我毕竟与他们相交甚久。当然，君子欺以其方，或许我过于天真了。"

展昭道："但愿如此。"

白玉堂突然问："包大人走时不曾留下什么话吗？"

"有。"

"他说了什么？"

"他说，如果有大疑大惑之事，就让我去找你白玉堂。"

白玉堂怔住。

展昭叹道："玉堂弟，包大人对你神知已久矣。人生得一知己不易，玉堂啊，自襄阳王一案告破，你深得包大人的信服啊。"

白玉堂慨然长叹："果然如此，玉堂只有舍死向前了。"

展昭沉默无语，他知道，此时的白玉堂心中已经犹如火燃了。

二人沉默良久，展昭道："玉堂弟，事到如今，我不再相瞒，那天皇上突然宣我进宫，赐我一道密旨。"

白玉堂哦了一声，看着展昭，疑问道："什么密旨？"

展昭疑道："这道密旨却是一纸空文。"

白玉堂皱眉："此是何意？"

展昭摇头："我确是不解，但是圣旨如此，我怎好细问。"

白玉堂深思下来，突然问了一句："展兄，你还记得当年的云中英云一剑吗？"

展昭点头："自然记得，她是秦子林的夫人啊，那是曾经如日中天的一代女侠。她已经故去多年了，你为何提到她了？"

白玉堂起身在屋中踱步，他猛地站住："如果让我妄猜一回，我想说，云中英也许与此案有关。"

展昭疑问道："你说什么……"

这时，就听到门外有人问了一声："白玉堂在此处吗？"

展昭听得一愣："何人找到此处？"他推门走到外边。

一个青衣人站在院子里，朝展昭拱手道："我替人送信给白玉堂。"说罢，从怀中取出一封信，递与展昭。

展昭笑道："你如何找到这里？"

青衣人道："是卢护卫告诉我的。"

白玉堂已经走出来。他从展昭手里接过信。

青衣人转身走了。

二人走进屋去，白玉堂在灯下展开信，上边写着："卢方、蒋平现在柳林街三号。"

白玉堂疑道："这柳林街是个什么地方？"

展昭道："柳林街是东京城里一条住宅街，大多是一些药材商人的住处，卢方、蒋平如何会在那里，其中怕是有什么机关。"

白玉堂说："无论什么机关，总是要去一趟的。"

展昭道："我想起了，这柳林街三号，似乎也是田家的生意。"

壹陆

黄昏的时候，太阳散着橘黄色的软光。柳林街上已经是暮烟袅袅。这里是一条药材商业街，满街的药香在黄昏中弥散。白玉堂走在街上。

白玉堂悄然无声地走进了一家院子。这是一处旧式的宅子，正房六间，东西各有三间。他低低地叫一声："大哥，四哥。"

却无人应答。白玉堂潜步推开了两间偏房，里边都堆满了药材，根本没有人迹。

白玉堂纵身一跃，来到了正房。他轻轻推开门，看到了卢方和蒋平正在里边坐着，他们看着白玉堂，不禁嘴巴张大了，他们似乎想说些什么。白玉堂刚刚要跨进门去，忽见一个身形扑过来，白玉堂后退一步，而就在后退之时，他已经感觉自己身后有人，他几乎不明白，身后边的人是如何跟踪自己的，可见此人武功轻功都是上乘功夫了。当然，这些都是白玉堂事后想起的，当他发现身后有人时，他已经被身后这人点了穴道。白玉堂被扔到了屋子里。

白玉堂只能躺在了地上。

一切都快如闪电。

门外传来一声冷笑。白玉堂看到门外走进几个身着黑衣的人。

白玉堂苦笑一声，他万没有想到，自己竟然落在这些人手里，他现在还不知道这都是些什么人。他看看坐在椅子上的卢方和蒋平，二人也是一脸无奈。白玉堂已经看出，他们被点了哑穴。

一个黑衣人走过来，看看倒在地上的白玉堂，笑道："白玉堂，你这位一向机警过人的大英雄，如何撞到我的网里来了？"

白玉堂鄙视地一笑："这些天我果然有些不走运。"

黑衣人冷笑着让人绑了白玉堂，恶恶地一笑："白玉堂，你想不到还会有今天吧。你今天便是死定了。"

"那可不一定的。"窗外忽然有人说话。

白玉堂笑了，他当然知道是谁来了。

黑衣人大叫一声："来者何人？"

窗外的人笑了："你何必那么紧张！"话音未落，一个书生打扮的人进来了，正是柳燕。她今天却换了一身黑衣。但手中却还是那把扇子。她朝白玉堂使了个眼色。

白玉堂笑了。他明白柳燕的意思，她不想让白玉堂说破她的身份。

黑衣人上前一步，抓住了白玉堂，目光却盯着柳燕。

白玉堂的身子却不能动。

柳燕笑道："你这人手段却有些不妥，且不说你不应该对一个已经被你点了穴道的人下此黑手，再者，你在这样一个地方杀人，委实有些不妥。"

"有何不妥？"

"药行都是救人，你如何在这里夺命？你不怕坏了这个药商的声誉吗？"

黑衣人怒道："我顾不了许多。我今天直是要杀了他的。"

柳燕微笑道："我想你是杀不了他的。"

"为什么？"黑衣人有些紧张地问了一句。

"因为，他来此，开封府上下都已经知道了。"柳燕笑道。

忽听得门外有人喝了一声。

几个人抬头去看。

一个素衣老者走进门来。他微微有些气喘，浑身有些风尘，似乎赶路来此的。

白玉堂抬头去看，不禁笑了。此人正是得意酒楼的张老板。张老板已经没有那天低三下四的表情，而是气宇轩昂地走了进来。难道此人真是富可敌国的田仿晓？看他衣着朴素，谁会想到他竟是田仿晓呢。真是人不可貌相。白玉堂心中有些感慨。

张老板看看白玉堂，笑道："白义士，多日不见。"他脸上并无尴尬之色。他走到白玉堂和卢方、蒋平身旁，一一给他们解开了绑绳，并手法熟练地解了他们的穴道。白玉堂心中道了一声惭愧，自己当初竟是没有看出这个张老板竟有一身的武功。

卢方、蒋平齐声向老者道谢："多谢老先生相救。"

老者摆手："不必不必。"

白玉堂道："我现在已经不知道怎么称呼您了。或者称您为张老板，还是称呼您田先生呢？"他的话中有了讥讽的味道。

老者大度地微笑道："白英雄，我真名字叫田仿晓。上一回张老板的称呼已经不用了。这两位必是陷空岛的卢方和蒋平义士了。"

卢方忙上前重新施了一礼，惊讶道："久闻田先生大名，真是今日有幸得见。"

蒋平也上前施礼，笑道："想不到在此遇到了田仿晓先生。"

田仿晓慌忙还礼道："我一介商人，只是腰中多了几贯钱而已，不值得几位英雄挂在嘴上。"

白玉堂看看一旁的几个黑衣人，不觉笑道："不知道田仿晓先生与这几位是什么关系？"

田仿晓微微皱眉："这几个都是我江湖上的朋友，他们已经在此借用这处宅子多日，我今日偶尔听说陷空岛的卢方、蒋平义士被关在了这里，老夫特地来探望一下，不承想他们在此做下这种错事，得罪了几位。"他转身对那几个黑衣人摇头叹道："几位朋友啊，你们如何竟然把这里搞成了私设的刑堂。我是一个商人，从不介入是非，如果你们在这里给我惹了麻烦，让我吃了官司，岂不是害我吗？"

那个为首的黑衣人忙施礼道："真是对不住了。我们也是受人所托……"

田仿晓叹道："我从不参与你们江湖中的恩恩怨怨，那是你们的事情，也许你们真是迫于无奈。你们知道他们是谁？他们是当世的英雄豪杰啊。你纵有仇恨，也应该通过官府解决，怎么能够在我这里绑架人质呢？如果传扬出去，我田家的生意今后还如何去做呢？"

白玉堂笑道："田先生，此事便算了。但今日我已经知道了你这几位朋友的手段厉害，倒叫我白玉堂大开眼界了。"

田仿晓笑道："他们都是归景东英雄的得意弟子。"

白玉堂疑惑道："归景东与田先生也有来往？"他没有想到田仿晓会这样爽快地承认与归景东有来往。如果承认了这几个是归景东的手下，岂不是承认了归景东对白玉堂有了杀害之意。白玉堂一时想不透，归景东如何会对自己下手。

田仿晓笑道："我与归景东也是多年的交情了。我田家他也是常来常往的。"

白玉堂点点头："田先生交游甚广，四海英雄尽在视野之中，真是快意人生啊。我一时走了眼，不知道田先生还开了这柳林街的药材行。"

田仿晓笑道："为商者，只为利益二字。车船店脚，并无高低上下，只有亏盈之分。我开这药行，也只是为了挣钱。"

白玉堂笑道："我看田先生风尘仆仆，今夜自然是为生意而来？"

田仿晓笑道："不瞒几位，我是从外埠收购药材，刚刚赶回来，便遇到此事。"

卢方笑道："之前真不知道田先生还做药材生意，我陷空岛便是有大量的黄芪，不知田先生可收购？"说罢，他看看白玉堂。

白玉堂笑了，陷空岛上有许多野生的黄芪，卢方、蒋平每年都收割一些，现在已经积压了不少，卢方自然想出手。

田仿晓笑道："当然收购了，只要价钱合理……"

卢方急问道："不知道田先生可出多少？"

田仿晓笑道："一两银子一斤如何？市面上都是这个价钱的。"

卢方怔住，他不知道如何田仿晓会出这样大的价钱。他刚刚要说话，白玉堂却笑道："卢大哥，如何刚刚与田先生见面，便要谈生意了。你是否看田先生财大气粗，便有了宰割之意？"

田仿晓摆手笑道："田某只是有了几个小钱，钱这东西，生不带来，死不带去，我乐意交往天下英雄。药材之事我们日后再讲，如果卢义士、蒋义士、白义士几位英雄愿意与老夫交往，便可常来坐坐，寒舍倒是存有不少好酒。"

白玉堂不置可否地笑笑："谢了。我不知道田先生还想玩一万两银子的游戏吗？"

田仿晓有些尴尬，他朝白玉堂笑笑，便转身对那几个黑衣人摆摆手："几位啊，你们先去吧，今天的事情就此算了。"

白玉堂笑道："你们可回去告诉归先生，如果他想取我的首级，可亲自前来。"

黑衣人恨恨地看了白玉堂一眼，转身出门走了，另外几个黑衣人也随他去了。

白玉堂问一句："田先生，我浅薄无知，请问您在东京城里开了多少买卖？我似乎总能遇到您的生意。"

田仿晓笑道："买卖倒是开了一些，可以这么说，如果说这东京城里的买卖有三成，那么，朝中的官员们占一成，天下的商客们占一成，田某自然也要占一成了。"

白玉堂心中还是惊讶了一下，他实在没有想到田仿晓真正是天下最有钱的人了。他不禁想到了悦人客栈里那间装饰得比皇宫还要富丽堂皇的房间。应该怎么猜测田仿晓的家财呢？他看看田仿晓一身朴素的衣着，又想起了悦人客栈那其貌不扬的外表。看起来，真正的有钱人，真是财不露白啊。

田仿晓对卢方和蒋平笑道："田某久慕两位英雄的大名，只是无缘相见，今天就让老夫做一回东，两位可到城中的酒店去小饮几杯如何？白义士和这位小兄弟也一同前去如何？"他看了看柳燕。

柳燕笑道："田先生这酒请得总要有个名堂，慕名请客似乎有些勉强了。莫非田先生有什么不情之请？"

田仿晓笑道："这位小兄弟错怪老夫了，老夫并非巴结权贵之意。我虽为商贾中人，但也是一个性情汉子。当然，如果诸位不肯赏光，老夫自然不能难为。"他的目光里有了几许讥讽，似乎是说，我交往天下，岂是在乎你们几个！

柳燕笑道："田先生错疑了，我只是想问，田先生请客，是否受了什么人的指使？"

田仿晓的脸色微微涨红了，他看着柳燕，淡淡一笑："莫非这位小兄弟真的怀疑我田仿晓礼下于人必有所求了？"

柳燕还没有答话，卢方抢先说："田先生不要误会，我们从没有这样想过。我们只是公务在身，不敢久留。这还是当年包大人留下的规矩。"

田仿晓点点头："提起包大人，真是让我难以忘怀啊，我也曾经与包大人交往甚密。只是他竟是辞职挂印而去了。也罢，既然如此，我便不好勉强了。"

白玉堂突然问一句："敢问老先生，既然与包大人相交甚厚，您与他的手下是否也有来往？"

田仿晓点头："自然，开封府上下，我自然都很熟识。公孙先生与我还是棋友。"

白玉堂再问："外面有人传言，说马汉也曾来过您的府上？"白玉堂此一问，其实在诈。他不知道田仿晓会如何回答。

田仿晓却很自然地点头："不错，马汉曾经在这里住过几天。只是他后来不辞而别了。我也是后来才听说，他已经成了朝廷的钦犯了。真是知人知面，他怎么会……"田仿晓长叹一声，不再说。

卢方看看白玉堂，他不知道白玉堂还想说些什么。

白玉堂道："如果马汉再来府上，万请告知开封府。"

田仿晓摇头道："这个老夫却实难答应。"

白玉堂疑道："田先生如何这样说话？"

田仿晓摆摆手："此事说来，老夫难处有二。其一，老夫与马汉总还算是有些交情，我既非公门中人，如果告密帮你们捉人，便要给商界同仁留下一个出卖朋友的恶名，从此会失去诚信二字。其二，此事做了，老夫也会给江湖人士丢下话柄，人们会说田某人不经营商业，却在公门胡乱钻营。老夫广交朋友，一生无所求，怎么能为开封府这样的公事，而改了初衷呢？众口铄金，三人成虎。老夫非是不能为，而是不敢为啊。而白义士你则不同，其一，你不在公门吃饭，捉拿朝廷钦犯，属见义勇为之举。其二，马汉伤及了你结义大哥和四哥，即使你去捉他，旁人也不好说三道四的。这便是你与老夫的不同之处啊。"

白玉堂点头，他似乎承认田仿晓讲得是实言实情。

田仿晓说完，便朝卢方、蒋平、白玉堂拱手："三位，田某就此告辞。"他并没有看站在一旁的柳燕。三人也拱手："田先生慢走。"田仿晓出门走了。

屋里只剩下了卢方、蒋平和白玉堂，还有仍在微微冷笑的柳燕。

白玉堂笑道："柳姑娘，谢谢您了。"

卢方和蒋平也躬身拜过："多谢姑娘了。"

柳燕笑道："你们谢我干什么？"

卢方笑道："刚刚若不是姑娘，我们恐怕现在已经身首异处了呢。"

蒋平也笑道："其实我想田仿晓早已经站在门外了，他不现身，只是静观其变，只是被姑娘一将，才不得不出来。"

柳燕笑道："二位说得在理。我总觉得这个田仿晓做得有些做作了，不像是真的。二位喊我姑娘，便是已经看出了我是女扮男装？"她看着卢方与蒋平："那田仿晓如何竟看不出呢？他竟是喊我小兄弟。他经商多年，自然眼力非凡，且武功深厚，应该远在我们之上，如何竟没有这点眼力？"

白玉堂笑道："其实他早就看出了，只是没有讲。或者，他不好意思揭破你便是了。"

柳燕摇头："怕不是这样简单。"

"姑娘是说……"蒋平猜测道。

柳燕笑道："我想，真正的田仿晓在门外，而没进来。"

众人一片寂静，卢方和蒋平都没有想到这一层，而柳燕想到了。是啊，如果田仿晓根本就没有露面呢？一个富甲天下的田仿晓，与皇上都有交情，如何会这样谦恭呢？

白玉堂笑道："这一回柳姑娘却是猜错了，他就是田仿晓，他不能不现身，你听过这句话吧，螳螂捕蝉，黄雀在后。"

门外有人大笑："玉堂弟，如何把我比作黄雀了呢？"话音刚落，展昭已经推门进来了，他身后跟着几个开封府的捕快。

众人恍然，原来展昭早已候在门外。田仿晓或许心存忌讳，才不得已拦住那几个黑衣人的。

展昭看着柳燕笑道："这位姑娘刚刚讲得确乎也有些道理啊。"

柳燕尴尬地笑道："白玉堂原来你也是先做下套子啊，可惜那田仿晓没有上你的套子啊。"

白玉堂看着卢方和蒋平，问："大哥、四哥，你们是被何人弄到此地的？"

卢方、蒋平相互看看，卢方道："秦子林来过，他说他是受人之托把我们囚禁的。已经换了几个住处。那封信，是黑衣人逼迫我与蒋平写的，大概只是为了让你上钩。"

白玉堂点头："原来如此。"

展昭点头笑了："也许是田仿晓真是为了囚禁玉堂，但他看破了玉堂并不是一人孤身而来，才只好现身出来唱这出戏的。柳姑娘，你说是不是这样？"

柳燕一笑，突然转身问白玉堂："你我之间的事情怎么了结？"

白玉堂笑道："你我之间什么事情？"

柳燕笑道："你该我那笔钱至今未还，今天也该了结了吧。"

白玉堂愣了一下，旋即笑了："我什么时候欠下过你的钱呢？"

柳燕突然恼了："你这人好不讲理，你还敢赖账？"话音刚落，柳燕手中的扇子已经向白玉堂击来。

扇子这东西，本来是文人墨客的东西，却成了武林中人的兵器。这扇子更容易让人不提防，文质彬彬，温文尔雅，却充满杀机。世界上的东西谁又能说得清楚多少呢？

白玉堂慌地闪过，口中叫道："你这个人好不讲理……"

柳燕冷笑："本姑娘从不讲理。"扇子如风般向白玉堂挥舞，劲力之大，令卢方和蒋平吃惊，他们没有看出，柳燕的功力竟是如此之深。

白玉堂怒道："你这女子，好不讲道理。"他跃出门去了。

柳燕追了出去。屋里只剩下了展昭、卢方、蒋平三人，还有几个不知就里的捕快。

奇怪的是展昭、卢方、蒋平并没有出手帮助白玉堂，一直冷眼旁观。三人相视一笑，展昭问卢方、蒋平："卢大哥、蒋四哥，刚刚白玉堂与这姑娘交手，你二位如何不上前助白玉堂呢？"

卢方憨憨地一笑："展护卫，你说呢？"

三人同时大笑。

展昭笑道："卢护卫、蒋护卫，我们先回开封府吧。陆大人已经急着见你们呢。"

夜色已经涌上来，街中的生意铺子都已经关门了。街中十分安静。白玉堂跃出了柳林街，便站住，他回头去看，柳燕片刻之间已经赶到。

白玉堂笑道："你刚刚的确是弄巧成拙。"

柳燕笑道："怎么讲？"

白玉堂笑道："展护卫和我那两个哥哥均未出手拦你，便是他们已经看破你我的机关了。你这是聪明反被聪明误了。"

柳燕笑道："看破便是看破。我只是想寻个借口出来与你说话。"

白玉堂道："你邀我出来，是否有大事相告。"

柳燕笑道："正是，我带你去找一个人？"

白玉堂问："哪一个？"

柳燕道："马汉。"

白玉堂一笑："你知道马汉藏在哪里？"

柳燕点头道："他其实并不在城里。"

"这我真没有猜出。"

"你还没有猜到什么？"

"我还没有猜出你如何不让展护卫、卢大哥、蒋四哥来帮忙呢？"

"你莫怪我多心，我实在是对你的卢大哥和蒋四哥有些放心不下。"

白玉堂一愣："你如何这样讲？"

柳燕摇头："我只是感觉。或许他们真正是马汉的同党。"

白玉堂没有说话，他硬着一张脸看着天空。夜空十分干净，满天星斗，天空中有风轻轻地吹过。

柳燕也不再说，她呆呆地看着白玉堂，她现在不知道白玉堂在想些什么，但是她知道一点，现在白玉堂的心情一定非常复杂，对卢方和蒋平的疑点，聪明的白玉堂不能不会感觉到什么。如此结拜兄弟，却又心藏二意，的确不是一件让人愉快的事情。

良久，白玉堂问了一句："咱们去吧，在什么地方？"

柳燕笑道："自然是应该去的地方。"

壹柒

刚刚还是一个晴朗的夜晚，一阵风吹过，满天的星斗被乌云遮住。

开元寺的大门洞开着。这是一件很奇怪的事情，如何寺中大门在夜晚敞开？莫非寺中之人已经知道必有不速之客？

白玉堂走进了开元寺。寺中的庭院一片寂静。几棵老柳在风中摇摆，再往深处，传来几声猫头鹰的鸣叫声。

白玉堂站在庭院内不动。他知道会有人出来的。

轻轻的一阵响声，两个僧人从树后闪出。他们站在白玉堂面前，看着白玉堂。

白玉堂笑道："夜至深了，二位师父何不入睡？"

一个僧人沉闷地说了一句："既然有不速之客，我们便在这里等候。"

白玉堂道："我来寻马汉。"

另一个僧人道："这里没有什么马汉。"

白玉堂道："那我只好自己来找。"

两个僧人一动不动。

白玉堂笑道："二位莫要挡我去路。"

两个僧人也不答话，突然二人同时飞身抢上来，动作之时，二人手中各持一把刀，寒光闪闪，直砍白玉堂要害处。

白玉堂闪身退了一步，他笑道："二位好不讲道理，不曾问过事由，便要夺我性命。"说着，便纵身闪开，一把刀已经握在了手中："二位，莫非真想取我性命？"

两个僧人仍不答话，两把刀风一般砍向白玉堂。

白玉堂的刀也已经挥向了两个僧人。

一阵兵器相接的声响，三个战成一团白雾。

顷刻之间，白雾消散，两个僧人不敌，身形向后跃出，没进了树后。

白玉堂笑道："马兄，何不现身。"

寺内大殿的门吱吱地开了，马汉缓缓地走了出来。他满脸疑惑地看着白玉堂，他似乎不明白白玉堂如何会找到这里。

白玉堂与马汉目光相视良久。白玉堂叹道："马汉啊，你这样躲来躲去，也不是长久之计，大丈夫敢作敢为，你怎的这般没有志气。"

马汉苦苦一笑："你不知其中隐情。"

白玉堂问："莫非有什么……"

马汉摇头道："你不必再问，此事说来话长。其实我现在已经是疲倦得很了，我本是想着去开封府投案的，否则，你不会这样轻易找到我的，我也不会束手待毙。刚刚的两个僧人，本不想与你交手，他们只怕你是冒充的白玉堂。"

白玉堂疑道："什么，冒充白玉堂？你是说有人冒充我？"

两个人僧人上前施礼："正是，昨天还有人打着你的名义来找马汉，被我们击退。刚刚我们已经交过手，江湖上能够击退我二人联手的不多，白玉堂当然是一个。马汉兄是被我们保护起来的。"

马汉终于说话了："白玉堂，你这样找我，我总感觉你不是为了缉拿我，而是为了搞清楚一些什么？"

白玉堂点头："不错，我的确是为了弄清楚一些什么。"

马汉苦笑道："但是，你忘记了，你尽管聪明，但是有些事情你是搞不清楚的。"

白玉堂愕然："马汉兄，你此话何意？"

马汉看看白玉堂："我们走吧。我真没有想到，你会找到这里的。"

白玉堂上前挽住马汉，二人走出来。柳燕正在门口等他，她身边是一辆马车。

马汉苦笑了："柳燕啊，我已经猜出是你引他来的。"

夜色如墨，白玉堂和柳燕让马汉先上车。

柳燕一身劲装，低声问白玉堂："去何处？"

白玉堂刚刚要说话，就听到路边有声响。白玉堂暗叫一声不好。刚要打车走，就见几个黑衣人跳出，挡住去路。白玉堂看罢，笑了，来人正是在柳林街三号突袭自己的那几个人。

白玉堂一笑："你们如何又出现在这里。果真是难缠的角色。"

为首的那个黑衣人沙哑着嗓子说道："白玉堂，你本不该介入此事的。"

"我也有同感，无奈我已经介入，再想抽身而退，已不可能。"

"真是可惜了。"

"可惜什么？"

"可惜横行江湖的白玉堂，就要死无葬身之地了。"

柳燕一旁冷笑："你这样说，是否太自信了一些？"

黑衣人笑道："我从来都很自信。即使你们二人手段厉害，也应该知道我们这几个也并不逊色你们。而且我们还是有备而来。"

白玉堂也笑道："你有把握吗？我们二人与你们对拼，你们有几分胜算？"

黑衣人说："片刻便有结论。白玉堂，我们本不想伤害你们二人，你们交出马汉，便可走了。这里边本来也没有你们二人什么事情。"

白玉堂突然笑了。他笑得很开心。

黑衣人疑道："你笑什么？"

白玉堂道："人算不如天算，也许你们今天能够把马汉带走，也许我们二人联手，也未必是你们的对手，也许你对今天的行动很有把握。可惜，你们今天的确很不走运，有句话叫作煮熟的鸭子又飞走了。你们真是就应了这句俗语了。你现在应该听到了什么……"

远处，一片火把，人声越来越近了。

黑衣人苦笑一声："你说得很对，我今天的确失算了。但是，你也没有得逞，你没有把马汉弄走。白玉堂，后会有期。"黑衣人打了一声呼哨，身后的几个黑衣人立刻没进了丛林中，这个黑衣人也纵身一跃，不见了踪影。

柳燕看看白玉堂，白玉堂轻轻叹口气："柳燕，我们似乎是白忙了。"

柳燕苦笑道："你刚刚说得对，人算不如天算。"她纵身一跃，也消失在了夜色中。

一片火把已经来到了眼前，徐庆带着几十个捕快已经走到了白玉堂的眼前。

白玉堂呆呆地苦笑。

壹捌

开封府灯火通明，陆晨明大人连夜升堂突击审讯马汉。

展昭、白玉堂、卢方、蒋平、徐庆、王朝、张龙、赵虎一干人站在堂下。王朝、张龙、赵虎身体刚刚解过毒，还很虚弱，但今天案情紧急，陆大人便也顾不得他们的休息了。秦莲、季明扬、杨剑青、霍龙几个新来的捕快，也一身劲装站在堂下。他们这是第一次看开封府审案，似乎有些紧张。秦莲、季明扬的目光与白玉堂的目光对接住，白玉堂看他们神色淡然，白玉堂心念一动，似乎想起了什么。

白玉堂再看王朝、张龙、赵虎几个，心中一阵唏嘘，是啊，当年马汉也曾在这开封府看包大人审过多少案子，那龙头铡虎头铡狗头铡之上，也曾经有过多少死鬼，是马汉送他们上路的。今非昔比，物是人非，不承想今天，马汉却成了被审。审他的是陆大人。

陆晨明今日穿了一身新朝服，他身边的师爷李之培也穿着一新。看得出，他们今天的心情很好。马汉已经归案，他们当然松了一口气。陆晨明一声喝，手里的惊堂木重重地拍了下去。几个差人将已经戴了木枷重镣的马汉押上堂来。

马汉却是目光炯炯。四下看去，眼里全是他的同事，他们曾经还是很好的朋友。

众人皆低眉，不肯与其对视。唯有白玉堂目光与马汉相接，白玉堂的目光里有些迷茫。他看到马汉的目光里似乎有些犹豫的东西在闪动。

白玉堂心底慨叹，想这马汉也是开封府多年的差人。他为人一向耿直可爱，与众捕快和护卫们交情很深，今日闹到这般地步，是众人始料不及的。他们实在不想看到这种场面。但是，忠于职守，他们不得不来观看。此情此景，正是难堪至极。

陆晨明正要升堂。忽听门外的差人高喊一声："归景东到。"

陆晨明怔了一下，说道："请他进来。"

众人把目光盯向堂外，只见一个精神矍铄的老者站在门口。正是归景东。归景东大步走进了开封府的大堂。

陆晨明忙起身："归老英雄来了。快快请坐。"

归景东走到大堂下，向陆晨明跪下。

陆晨明慌忙下堂挽起归景东："归老英雄是当世英雄，不必多礼，陆某仰慕已久，今日得见，此生有幸。快快请起，堂上看座。"

二人挽着手，上了大堂。归景东就在陆晨明身旁坐了。众人大多是第一次见到归景东，他们打量着归景东，看这老者，貌似平常，他就是有着一身绝世武功、震惊武林的归景东吗？展昭却皱了皱眉头，他感觉陆晨明却也做得有些过分了：如何让归景东坐在了堂上呢？

陆晨明笑问："多谢老英雄前回写信提醒，陆某才得知马犯的下落。今天不知道老英雄到此有何事？"

归景东笑道："我听说今日开封府审理马汉，我特意赶来观看。再有，我知道我的徒儿秦莲和季明扬已经在开封府效力，也特意来看看他们。"说罢，他微笑着看了看堂下站立的秦莲、季明扬两人。二人向归景东拱手，算是见过礼了。

陆晨明问："莫非老英雄也要亲眼看一看马汉这贼子的下场？"

归景东摆手："归某不是这个意思，马汉捕头犯下大罪，由朝廷律条处置。归某不看热闹，只是归某有几句话要问他。"

陆晨明点头："归老英雄只管问就是了。"

归景东看看堂下跪倒的马汉，点点头，慨然一叹："想不到，马捕头在官府多年，也竟是一失足成千古恨，竟然做了朝廷的叛逆。可惜可叹。"

马汉的目光冷冷地盯着归景东。

归景东问："马汉，我只问你一句，你是受何人指派，你与王更年大人是什么关系？你与散花仙女飞天蜈蚣是如何勾结在一处的？"

马汉苦笑道："你说些什么？我听不明白。"

陆晨明看着马汉，拍响了惊堂木。众人心头一凛。

陆晨明问道："人犯马汉，你不要再巧言令色，你如何勾结江洋大盗，反叛朝廷，又刺伤卢方、蒋平的？从实招来。"

马汉一言不发。

陆晨明有些火了："大胆马汉，如何不回答。"

马汉看了一眼陆晨明，淡淡道："事已至此，我也无话可说，杀剐存留，悉听尊便了。"

陆晨明摇头道："说起来你也曾是一条好汉，在开封府效力多年，如何竟与散花仙女飞天蜈蚣之流搞到一起去了，岂不是有负皇恩，也忘记了包大人对你多年的教诲。事到如今，你就一一招来。散花仙女飞天蜈蚣现在什么地方？"

马汉摇头道："我真是不知道他们在什么地方，我与他们从不相识。"

陆晨明冷笑："马汉，你在开封府多年做事，你也知道这开封府里的手段，任你浑身是铁，这里刑罚如炉。你若是心存侥幸，咬牙不认，开封府也一定会让你招供画押的。我看你还是识相些，从实招来的好些，免得受些皮肉之苦，委实不值。"

归景东也叹道："马汉啊，我敬佩你是一条好汉，才爽直地问你，你若不说，便是不说了。我绝不再问。"他转身对陆晨明道："陆大人，我看马汉现在心慌意乱，不妨让他先思考一夜，明天再问。"

陆晨明点点头，高声喝道："暂把人犯马汉收监。"

几个捕快上前拖起马汉，下了大堂。

归景东看看陆晨明，又看看展昭、卢方、徐庆、蒋平、王朝、张龙、赵虎几个，他又看看站在展昭一侧的白玉堂，他的目光没有停留在白玉堂身上，他转过目光，看着陆晨明，长叹一声："陆大人，我看此案已经破了，即使没有马汉的口供，我们也可以结案了。只是我没有帮上你们，甚感苦恼。"

陆晨明笑道："归老英雄，你说得远了。你已经在帮助我们，若不是你出场，我们现在还寻不到马汉呢。"

归景东摆摆手："罢了，罢了，不提也罢了。老夫只是为了世间讨一个公道，诸位看我说的是也不是？"他把目光扫过堂下的众人，他的目光停在秦莲和季明扬身上，说道："此案已经告破，你二人还是离开官府，你们本是江湖中人，还是悉心练习武艺为好。所谓功成身退，才是英雄本色。"

秦莲、季明扬向归景东拱手："徒儿记下了。"

卢方拱手道："归老英雄如此，我等感佩交加。人生一世，如草木一秋，有了如此胸襟胆识，也不枉虚度了。"

展昭也拱手笑道："归老英雄近年出现江湖以来，件件事情都做得惊天动地，我等敬佩得很。"

白玉堂却只是微微笑。

陆晨明问："白义士，你笑什么？"

白玉堂拱手道："我不知归大侠此时还会做何想？马汉已经归案，那当初扣压我大哥和四哥的黑衣人现在何处？如果归大侠果然大义灭亲，就应该拿那几个黑衣人来开封府一并受审。这也算是给开封府一个交代。如何就让他们如此不清不白地离开了？"

归景东笑道："我不知道白义士所指黑衣人是谁？"

白玉堂笑道："黑衣人便是秦莲和季明扬。"

谁也没有想到白玉堂说出这番话来，众人看着白玉堂，不知道他如何会这样说季明扬和秦莲。再看季明扬和秦莲，已经是满脸怒色。

陆晨明有些不快，他向白玉堂道："白玉堂，现在季明扬和秦莲乃是开封府招募的捕快，便是官府中人了。你若说他们是黑衣人罪犯，便是要有证据。否则，诬告官差，便是要反坐的。"

归景东也冷笑一声："白玉堂，我这两个徒儿如何犯罪了？你杀了秦子林，本就有些不当，季明扬、秦莲现在与你为仇，也是在情理之中的事情啊。想你与秦子林当年也是极要好的生死兄弟，他的女儿女婿，也应该是你的至亲，你如何就要这样凭空捏造，陷他二人于冤狱呢？这样赶尽杀绝，有些过于歹毒了吧？"

归景东此话讲得在理，堂下的人都看着白玉堂，他们似乎也感觉白玉堂刚刚的话有些过于偏执了些。

白玉堂笑道："我受前任开封府尹梁大人之命，拘捕疑犯秦子林归案，秦子林拒捕，我杀他也是正当防卫，有何不当？"

陆晨明忙道："白义士，你先不要讲这些。你缉拿马汉的事情，我已经上奏了皇上，皇上定会有所表彰的……"

白玉堂摆摆手："陆大人，我还是有话要问归老英雄，几日前，在柳林街三号，你指使几个黑衣人暗算我，你是否对此事有一个解释？"

归景东爽然笑了："那是一个误会，我也是受人钱财，与人消灾，有人想取你白玉堂的性命，我归景东接了人家的银两，自然要替人家办事了。只是我手下徒儿手段不济，这个买卖没有做成罢了。但他们绝不是秦莲与季明扬。"

白玉堂冷笑："既然是归老英雄要做杀手的买卖，如何不亲自出马，如果这种买卖总是做不成，岂不是要坏了归老英雄的江湖名声？"

归景东摇头笑了："并非是我不肯出手，实在是我与秦子林是好朋友，他曾经与你是生死之交，我若出手，显得有些不仁义了。"说到此处，他看了看堂上站立的秦莲和季明扬，这二人对白玉堂怒目而视。

白玉堂淡然一笑："是吗？"他似乎无言以对，归景东尚且知道他与秦子林是生死兄弟，不忍亲自下手伤害，而白玉堂却是亲手杀了秦子林的人啊。这无论如何也不是一件光彩的事情啊。

正在此时，一个太监走进了大堂，众人识得这个太监是皇上身边的刘公公。刘公公身后跟着两个小太监，每人手里都端着一个用绸缎包着的盒子。刘公公朗声道："圣旨到，陆晨明、展昭、徐庆、白玉堂接旨。"

陆晨明忙下堂跪倒。归景东等人也慌地跪倒了。开封府上下，全都跪了。

刘公公宣读圣旨。

陆晨明、展昭、徐庆、白玉堂都受到了皇上的嘉奖。

刘公公宣读了圣旨，两个小太监便将皇上的奖赏递给了陆晨明。

刘公公笑道："陆大人，皇上十分高兴，此番拿住了马汉，皇上奖赏不少啊。"

陆晨明忙笑道："多谢刘公公了。下官还有一句话想问一问，不知道可否？"

刘公公笑道："陆大人直言便是。"

陆晨明道："既然马汉已经归案，梁大人那里，是否……"

刘公公笑道："我知道你与梁大人一向交好，总是放心不下，你大可放心了，皇上下了旨意，已经差人去了。我想，不出几天，梁大人便可回京复职了。"

陆晨明喜形于色，众差役都知道陆大人与梁大人交情深厚，心中便是感念陆大人是一个情义之人。

似乎一切都完了，似乎众人应该长长出一口气了。

归景东向陆晨明拱手道："此案告破，归某向陆大人贺喜了，就此告辞，不敢耽误陆大人的公干。"

陆晨明笑道："归老英雄不要客气，刚刚白义士的话，千万不要放在心上，白义士也是为了公务……"他转身去看，却哑了口。白玉堂竟已经不在堂上。

壹玖

东京城里的望湖楼上，白玉堂孤孤地呆坐着。小二端一壶酒来，白玉堂斟满一杯，无滋无味地饮着。猛抬头，见有几个大汉走上楼来。白玉堂微微笑了，他起身道："几位哥哥如何来到这里？"

来者正是卢方、蒋平、徐庆，他们的身后跟着展昭。

卢方微微一笑："玉堂弟，你受了朝廷的嘉奖，如何一个人在这里独酌独饮，也不说请请我们几个？"

徐庆笑道："老五并不是吃独食之人啊。"

白玉堂笑道："真是忘记了这件事，几位哥哥快坐，撤去旧席，让小二再上一桌新菜，再上一坛上好的老窖。"

几杯酒下肚，徐庆看着白玉堂道："老五，你今天多有不是。"

白玉堂笑道："三哥，我怎么不是了？你说来听听。"

徐庆道："你不应该在堂上给那个归景东难堪啊！一则他是现在武林中声名赫赫之人，二则，他毕竟是陆大人仰慕的客人啊。"

蒋平笑道："五弟的习性还是当年那样，改一些便是了。官场之上，还是少说为佳。"

卢方也道："是啊，五弟，你心高气盛，这样会得罪了陆大人。"

白玉堂不曾回话，展昭却突然笑了。

众人看着展昭，蒋平疑道："展护卫，你笑什么？"

展昭笑道："蒋四哥、徐三哥和卢大哥的话均是好意，可对白玉堂却是不中听的。"

卢方道："如何不中听了？"

展昭笑道："你三人说得全是官场中言语，或说担心归景东难堪，或说担心得罪陆大人，或说让玉堂改一改习性。试想一下，玉堂弟本就是江湖中人，天马行空，来去自由。开封府也罢，陆大人也罢，归景东也罢，关他什么干系？他来东京城里，本是来为你卢大哥解疑释难的，他如此奋不顾身，为公却是不公，无私却也是有私。官场之中这些乱事，他岂是放在心上的。你们刚刚讲的那番话语，岂不是有些委屈了玉堂的义气？"说罢，他的目光看看卢方、徐庆、蒋平。

卢方、徐庆、蒋平脸一红，便不再言语了。

白玉堂向展昭微微一笑，他心中自感血脉偾张起来，展昭竟是如此爽直，而且还说得堂堂正正，比这三个哥哥直是看破了许多人情事理。他心中一叹，不觉怀念起韩彰了，若是韩彰在此，断然不会说出这番话语的。只是现在韩彰身在何处，他一无所知。

> 读文至此，耳菜心中竟有了些疼痛。是啊，白玉堂已经几年不见卢方、徐庆、蒋平了，他们也已经在开封府为差多年了。大凡官场待得久了，人是会变化的。这种变化最先表现出的即是，苍白和孱弱。自古官场便是一个染缸，当身陷其中之时，清者自清，浊者自浊，便是一句虚言了。

卢方朝展昭拱手道："展护卫，你不愧是南侠的称号，我们几鼠简直有些鼠目寸光了。"

众人哄笑起来，这句俗语，正好应了陷空岛五鼠的绰号。

白玉堂看着卢方、蒋平，突然收起了笑容，问道："大哥、四哥，我至今有一事不明，还请二位哥哥直言相告。"

卢方看着白玉堂："你讲就是。"

白玉堂点点头："请问二位哥哥，马汉下毒那天，二位是如何被马汉打伤的。"

徐庆也笑道："大哥，此事很是奇怪，我也一直闷在心里，以你二人的手段，如何就被马汉击伤了呢？此事必有些隐情吧。"

卢方看看蒋平，轻轻一叹："我知道此事是瞒不住的。那天，是我和蒋平故意受伤，只是要放马汉走的。"

展昭和白玉堂相视，彼此会意地点点头。

徐庆苦笑："我虽然是一个粗人，这一点却也已经想到。你们如何会这样做？"

蒋平叹道："是梁大人的指令。他要我们不得伤害马汉，一定要放他走。"

白玉堂又问："那天在柳林街田家的药材行里，大哥与蒋四哥，一定认识那田仿晓，如何要在我面前装作从不相识的样子呢？"

卢方叹道："我知道此事一定会引起展护卫和五弟的怀疑，其实我和蒋平、徐庆与田仿晓并不熟悉，不瞒大家，我们三人也曾经几次到田仿晓的得月楼吃过酒。只是，我们从来没有见过田仿晓。"

展昭哦了一声，问道："卢护卫，我还有一句或许不应该问的话，你们是否接受过田家的银子？"

卢方沉吟了一下，点头道："接过，而且还不止一次。"

白玉堂霍地站起身："什么？"他用悲哀的目光看看卢方、蒋平、徐庆。三个人都低下头去了。白玉堂颤颤地问了一声："你们如何会这样做啊？身为官府中人，私下受贿，你们……"

蒋平摇摇头："五弟，你身不在其中，并不知道这官场中的规矩，那银子，并不是田家送我们的，而是梁大人亲手交与我们的，我们作为他的属下，岂敢不收呢？那马汉也同我们一样，也曾经接受过梁大人的银子，我猜想，这开封府上下，除却展护卫，并无一个干净之人了。"

白玉堂听得怔住，他万万没有想到，田仿晓已经打通了开封府上下的关节。他沉吟一刻，问展昭："展兄，你如何竟没有收受梁大人的银子呢？"

展昭苦笑："梁大人并非没有送过，只是我没有接受。或许卢护卫、徐护卫、蒋护卫却不开梁大人的盛情罢了。"

白玉堂长叹一声："当年李太白有诗云，见客但倾酒，为官不爱钱。话是如此说，却如何……"白玉堂低下头去，再无话可说。

看到此处，耳菜已经替白玉堂悲哀，无论如何，卢方、徐庆、蒋平也没有理由接受田家的银子啊。这的确是不能原谅的事情。但是白玉堂的确无话可说，耳菜已经不好猜度白玉堂此时失望至极的心境了。

展昭笑道："算了算了，马汉已经归案，此事不要再提。饮酒。"他端起酒杯，于是，几个人闷闷地喝酒。直喝到月上中天，几个人相扶着回开封府了。

白玉堂在自己的屋里刚刚躺下，忽听门外有人轻声喊他。他起身下床，开门一看，却是展昭。

展昭笑道："你果然睡下了？"

白玉堂苦笑道："你如何不睡呢？"

展昭笑道："我们不妨去看看马汉。"

白玉堂一喜："果然能看？"

展昭点头："今天夜里是我手下的一个小厮值夜，你我正好进去问一问马汉。"

白玉堂笑道："如此最好不过。我正思量如何再见到马汉呢。"他穿衣随展昭出来。

二人来到了开封府后面的大牢，一个值夜的差人见展昭过来，迎上来，轻声道："展大人，里边已经安排妥了，只是你们要快一些。"差人说罢，便打开了牢门。

展昭和白玉堂走进了大牢。

一个牢头引着二人到了一个号子，打开门，见马汉正坐在里边。

马汉见展昭和白玉堂进来，不觉苦笑道："我已经猜想你二人不会放过我的。"

展昭笑道："终归我们同事一场，如何不能来看望你呢。"

白玉堂盯着马汉道："马汉兄，事到如今，你如何还不肯开口说出实情呢？我现在已经知道有人要杀你，我把你弄到开封府里，自是想保护你的。你若真不开口，届时皇上怪罪下来，你自然会去抵命的。"

马汉看看白玉堂，摇摇头道："你们二人真是，此事我无话可讲，你们难道还不明白吗？我马汉从不是贪生怕死之人。"

白玉堂正要再问，突然展昭大叫一声："何人来此？"话音未落，展昭已经拔剑冲了出去。白玉堂情知有变，马汉却猛地抓住白玉堂的手，白玉堂感觉到了什么，他盯住马汉，马汉低声道："你拿着此物去找王更年大人。"说罢，便推开了白玉堂。白玉堂似乎悟出了什么，他看了马汉一眼，便也提刀冲出号子，只见展昭已经与一个黑衣人打斗在一处了。那黑衣人似乎看到白玉堂冲过来，他一把飞镖打过来，白玉堂一躲，飞镖尽数打进了牢房的墙壁上，竟是都吃进了墙壁，白玉堂心下一紧，知道此人功力十分深厚。

黑衣人飞身出了牢房。

那值夜的牢头已经身首异处了，自然是黑衣人刚刚所为。

展昭对白玉堂道："玉堂弟，此事日后再图，我们先走。"

白玉堂回身对马汉讲："马汉兄，你三思。"说罢，便与展昭飞身出了牢房。

二人出了牢房，已经听到开封府里乱成一片，卢方、蒋平、徐庆先后都跑了出来，他们看到白玉堂、展昭，卢方急问："出什么事了？"

展昭道："刚刚有人想劫狱。"

徐庆和蒋平忙向大牢之处跑去了。

一阵梆子响，陆晨明带着十几个侍卫跑过来了，他看到展昭几个在此，问道："可是有人劫狱？"

白玉堂一怔，问道："陆大人如何知道？"

陆晨明道："刚刚有人在我的住处喊，说有人劫狱。我便喊人来了。"

此时徐庆和蒋平跑过来，向陆晨明道："陆大人，果然有人劫狱，一个牢头已经被杀。但是马汉仍然在牢中。"

陆晨明顿足道："你们要严加防范。不可再出纰漏。马汉是皇上钦点的要犯，如果出了事情，我们都会吃不消的。"

当下，徐庆、蒋平请命看守大牢。众人便去睡了。

展昭对白玉堂长叹一声，他也去睡了。

贰 拾

白玉堂没有去睡，他知道今天晚上可能又是一个不眠之夜了。马汉交给他的实在是一件再普通不过的东西，是一块腰牌。是那种很普通的衙门里的腰牌。但是细看，却又能看出这块腰牌的"令"字，与其他腰牌有所不同。它是用篆字写成。马汉如何让白玉堂拿着这块腰牌去找王更年？马汉的葫芦里卖的什么药？白玉堂不及细想，但是他总感觉马汉不会是让他去找王更年闲聊的，这块腰牌应该是一个证件。

待别人都睡了，白玉堂悄然出了开封府，他转了三条街，直到相信没有人跟踪他时，他才去了王更年大人的府前。

吏部尚书的门前自然是戒备森严。白玉堂敲门，值夜的出来，很不耐烦地问白玉堂何事，白玉堂说有要事求见王更年大人。他取出腰牌，请值夜的门人交与王大人。门人打量了白玉堂一眼，便让白玉堂在门口少候。过了一刻，门人开门出来，让白玉堂随他进去。白玉堂随门人进了王大人的卧室。门人告诉白玉堂，王大人因病已经多日不上朝了。白玉堂心中稍有歉疚，他觉得自己真不应该此时来打扰一个上了年纪而且重病缠身的老人。

王更年躺在床上，被一顶纱帐罩着。床前有一个瘦高个子的仆人侍候。仆人告诉白玉堂，王大人病得重，他担心白玉堂被染上，让白玉堂坐得远些说话。

白玉堂隔着纱帐罩问："王大人，你如何病成这样……"

王更年先是喘息了一阵，然后叹道："先是遇了些风寒，并不在意，谁知重了。白玉堂，马汉让你来这里，有什么事情吗？"

白玉堂问道："王大人，如何马汉这块腰牌，就可以让我在您府上出入呢？莫非这块腰牌有什么不寻常之处？"

王更年道："你看这块腰牌，它不是普通的腰牌，这是皇家皇子的亲随才使用的物件。"

白玉堂一愣，他疑惑马汉如何会使用这样的腰牌，莫非马汉是某个皇子的亲随？

王更年缓缓道："马汉曾经追随六皇子，但是我没能保护好他。我可以告诉你，马汉是不能伤害的。皇上对我有过密旨。要让马汉找回一样东西……"

白玉堂目光中露出疑惑不解之色："什么东西？"他下意识地看了看一旁站立的仆人。

王更年看出白玉堂的顾虑，他道："不当紧，他是我多年的仆人，我有事从不瞒他的。"

白玉堂向仆人歉意地一笑，对王更年道："王大人请讲。"

王更年叹口气，声音沙哑地说："你听我说……这是一件极机密的事，极危险的事，极不容易完成的事……"

白玉堂心里沉了沉，他现在只有认真地听下去了。

王更年道："马汉之所以让你来这里，因为我知道他现在很难相信其他人了。老实说，我现在也不能说完全相信了你。"

白玉堂仍然在听，他听得很仔细。每一个字都听得很仔细。

王更年沙哑的声音说下去了："此案是在出现散花仙女和飞天蜈蚣之后，才浮出水面的。这两个大盗夜闯皇宫，其实盗走的并不是什么太祖的宝剑，皇上发怒，也并不是为了此事。梁大人被充军发配，也是另有原因。"

白玉堂疑道："那开封府上下都是忙乱些什么呢？莫非当初梁大人不知道此案的真相吗？"

王更年摇摇头："梁大人当然知道，他只是不肯明讲罢了。那天你去送他，他是否一脸的无奈，使你不解？"

白玉堂点点头："的确如此，那梁大人假我卢大哥之手，飞鸽传书要我前来东京，似乎他已经有些后悔，我那天去送他，他竟然顾左右而言他。似乎他有所顾忌，但我看不出梁大人顾忌所在何处。如果让我妄猜一回，我想是否与皇宫之事有关？"

王更年似乎怔了一下，凄然一笑："我久闻白英雄精细过人，这其中的蛛丝马迹应该是瞒不过白英雄的。你没有猜错，当然是与皇宫之事有关。"

白玉堂叹道："难怪梁大人吞吞吐吐，欲言又止。看来确有难言之隐。"

王更年突然严肃起来，他看着白玉堂，说道："此案事关重大，若处理得不妥，白义士怕也有性命之虞啊，白义士还是三思。"

白玉堂正色道："王大人何出此言？我白玉堂只是为正道而活

着，生死利益却是从不会计较的。"

王更年点头："好。既然你如此说，我便将我所知道的事情和盘托出，马汉是冤枉的。背后另有隐情。马汉掌握了朝中一件大事。"

"大事？什么大事？"白玉堂懵懂不解地看着纱帐罩内的王更年，他看不清楚王更年的神态，但是他听出王更年十分紧张。

"一件关系到国家安危的大事。"王更年几乎是一字一句地说。

"玉堂迟钝，还望大人详细说来。"

"你可曾听说过皇子案吗？"

"稍稍知道，不明就里，还望王大人相告。"

王更年长叹一声："你听我从头对你说起。"王更年喝了一口茶，他清理了一下沙哑的嗓子，对白玉堂讲下去："现在朝中都在寻找一个人，这个人就是六皇子，六皇子本是皇上宠爱的人，他却在朝中假传圣旨，调动了马汉等人，为他刺杀四皇子。当然马汉不知道此事的内情如何，一个捕快自然只能听命于他了，而且他还是假皇上的手谕。"

白玉堂问："如此说，四皇子是六皇子所杀害了？"

王更年摇摇头："没有，只是他现在东躲西藏，不得宁日。"

白玉堂问："我还有一疑，如何马汉与大人联系到了一起，以马汉的身份，他是不会结识大人的。莫非你们还有别的关系？"

王更年苦笑一声："你问得极是，我与马汉并不相识，但是六皇子与他相识，而且六皇子是以圣旨的名义给他下令的，作为一个捕快，他能够不相信吗？而且开封府听命于六皇子的还不只马汉一个人，还有……"

白玉堂接话道："卢方、蒋平、徐庆。当然，还有秦子林。"

王更年笑了："你果然聪明。你的确早已经看出了雾中端倪。"

白玉堂道："如果我猜测的不错，梁大人、卢方、蒋平、马汉、秦子林等都成了六皇子的属下，他们以为是执行皇上的命令，去追杀四皇子。但是后来首先是梁大人感觉不对了，而后是马汉感觉不对了，但是秦子林是六皇子的亲信，也是六皇子手下最厉害的杀手，他继续追杀四皇子。于是才有了梁大人飞鸽传书要我前来阻止秦子林。他们的举动被六皇子得知，于是，他们又都成了六皇子追杀的对象。而梁大人不忍向马汉下手，便让卢方、蒋平放走了马汉。"

王更年低低地叹了一口气："的确如此。"

白玉堂懵懵地看着王大人，他似乎有什么话想问的样子。

王更年看看白玉堂，笑了："你或许想问，既如此，为何我王某不奏禀圣上呢？"

白玉堂点头："我正是要问这个。"

王更年叹道："这你就不懂朝中的规矩了，皇宫里的事情，从来难以断个是非，历朝历代，莫不如此。皇家的事情，说大，是天下的事情，说小，又是皇家的私事。我们做臣子的，不宜参与太深。到时候不可自拔，反落下天大的罪名。"

白玉堂叹道："王大人说得是，但现在皇上是一个什么态度呢？他如何降罪梁大人充军发配呢……"说到这里，白玉堂突然悟出，他哦了一声道："我明白了，其实皇上是保护了梁大人。如果梁大人仍在东京，他难保不被六皇子杀害。"

王更年笑道："你果然聪明。皇上自然是保护了梁大人。"

白玉堂疑道："白玉堂还有一事不明，若说朝中大臣对此事无可奈何，如何二十多个皇子也竟然无一人出来反对？"

王更年摇头："你岂知道，皇子们都是一些见风转舵之人，他们眼看自己没有册立的希望，自然听命于六皇子了。他们很清楚，六皇子登大宝是迟早的事情。顺水人情，谁也会做的。"

白玉堂心中一沉，他此时已经知道了事情的严重程度了。

王更年道："此事事关朝廷的安危。马汉知道实情，才遭此大难。他已经历尽辛苦，揭开了这个秘密，却只差一步，而不能成功，真是一件憾事。我想此事系在了白义士身上了。"

白玉堂道："大人要我做什么，明言便是。"

王更年道："我刚刚说过了，你现在要从马汉身上取来一件东西。"

白玉堂问道："什么东西？"

"太祖宝剑。现在这东西如果还在马汉手里，最好不过，若已经落在了六皇子手里，便是有些麻烦了。"

白玉堂静静地听着。

王更年的声音激动起来："白英雄，此事系国家安危于一线，我请你一定找回太祖宝剑，你一定要找到六皇子索回，相遇时，他若拒捕，格杀勿论。必要时，玉石俱焚，在所不惜。"

白玉堂心中一颤，他叹道："白玉堂不曾想到，大人会如此坚决。"

王更年叹道："并非我坚决如此，只是我身上责任重大，我身居高位，却是战战兢兢，如履薄冰啊。因为此事非同小可。一旦做得错了，便会给朝廷带来无穷后患。食君之禄，忠君之事。我只是尽一个臣子的责任啊。现在我的眼里，六皇子已经不是六皇子了，而是朝廷的叛逆。"说到此处，王更年的声音更加嘶哑了。

白玉堂感觉到自己心中的血在燃烧，他起身拱手："大人放心，白玉堂一定不辱使命。"

王更年笑道："这样，老夫就放心了。"

窗外的秋风飒飒作响，有落叶在窗子上划过，生出一声声凄凉之音。

白玉堂道："大人还有什么要讲的吗？"

王大人笑道："我能够讲的都已经讲了，余下的还望白义士深思熟虑。你应该去见一个人。"

白玉堂问："不知王大人让我去见何人？"

王更年叹道："你去见过便知道。"他对仆人道："你引白义士去见他吧。"

白玉堂起身跟仆人去了后院，在一间房子门前，仆人敲了敲门。

一个侍女打开了门。仆人引着白玉堂走进屋去。

屋里，一个年轻人躺在床上。

白玉堂看着眼前这个似乎病得很重的年轻人，他心念一动，看着仆人，仆人近前轻声对年轻人讲："四皇子，白玉堂来看你了。"

白玉堂大惊，怎么，这个年轻人是四皇子。他走上前去，见年轻人一点力气也没有了。他目光软软地看着白玉堂，似乎有话说，他试图把手抬起来，但是却抬不动。白玉堂忙拦住他："你不要动。"他问仆人："四皇子有什么话要对我说吗？"

仆人叹了口气："不错，他的确想跟你讲些什么，但是他现在已经病成如此的样子，什么也讲不出来了。"

四皇子看着白玉堂，泪水急急地流了下来。

白玉堂叹道："其实你早就该现身的，事情也不至于闹到如此不可收拾的地步。如果你早些与开封府梁大人联系……我明白了，就是开封府已经与六皇子勾结在一起，要追杀四皇子的。"

四皇子点头："的确如此。"

白玉堂道："但是现在马汉已经明白。我的两个哥哥，对四皇子也并无加害之意。四皇子但请放心。"

四皇子长叹一声："白义士，你知道什么叫作惊弓之鸟吗？"

白玉堂点点头："这些我已经看出。"

四皇子似乎累了，他闭上了眼睛。仆人对白玉堂道："白义士，我们先走吧。"二人便走了出来。院中秋风缓缓地吹着。

白玉堂心痛地说："如何搞到这样骨肉相残的地步呢？"

仆人道："白义士，这就是王大人让你看的真相。"

白玉堂哦了一声，不再说话。

风儿吹过来，院中的老柳被风儿弄出一片响声。一个人影在树后匆匆穿过。白玉堂心中一动，此人如何会在这里出现？

仆人拱拱手道："白义士，王大人让你回吧。王大人讲，凡事因人而定，白义士聪明敏捷，此事自会云开雾散。"仆人淡淡地看着白玉堂，面色如常。

白玉堂知道自己应该走了，他起身告辞。

街上，已经是夜深人稀。只有值夜的更夫在四下巡视，他们呆板地喊着："夜深人静，小心火烛……"

白玉堂想了很多，他不明白事情如何能搞成这样，如果真是按王更年大人所讲，那么这事情就应该通过皇上解决，何苦让两个皇子之间相互残杀呢？他还想不明白的是，秦子林如何卷到其中来了，而且连与白玉堂之间的生死交情也置于不顾，是什么力量让他这样办呢？还有刚刚在王更年院中看到的那个人影，真的会是那个人吗？白玉堂一时感觉到头痛得很。他现在想休息一下，他想到要去寻找柳燕，他想通过柳燕找到柳青。当然，他找柳青是为了解开另一个心底的谜。这个谜如果打开，应该是一把打开许多疑问的钥匙。

白玉堂回到了开封府，天光已经大亮。他刚刚回到自己的屋里躺下，忽听街上一片乱。有人跑进来，他一看，竟是展昭，展昭慌道："玉堂，王大人病故了。"

白玉堂心头一怔，他心中想起适才王更年那一顶纱罩。

展昭道："听说王大人已经多日不上朝了，如何就死了呢……"

白玉堂正要说话，忽听远处有人声惊叫成一片。那叫声惨烈，让人听得头皮发麦。街中的梆子声、铜锣声响成一片。展昭和白玉堂同时向窗外看去，街中竟是火光冲天。

白玉堂和展昭飞跑到了街上，只见救火的差人和街人已经满了街巷。那火竟是从王更年府上烧起的。只看到那冲天大火，凭借着风势，越来越猛烈，整个天空似乎都被燃着了。火光中还传出一阵阵惨叫声，像一把把锋利的宝剑，划破了寂静的天空。

展昭惊道："玉堂弟，王大人之死，似乎是在酝酿着一场大祸。这场大火似乎要消灭什么。"

白玉堂点点头："此一场大火，凭借风势，但这风并非空穴来风啊，我也有不祥预感。我们还是去看看吧。"

二人匆匆向王更年府上去了。

贰壹

王更年的丧事办得十分隆重。王更年的府第已经烧成废墟，开封府调查结果，是下人不小心碰翻了灯火，惹出这场大火。人们叹息，王更年的府第曾经是东京城里一座豪华的建筑，如此结果，令人扼腕。

开封府六品以上的官员都去吊唁了。由陆晨明带领，展昭、卢方、徐庆、蒋平、王朝、张龙、赵虎一干人，都去了。

白玉堂自然没有资格去吊唁。他也没有兴致再去王更年的府上，他找到了柳燕，凭借着柳青的关系，去了一趟吏部，翻阅了一些官员的背景资料。他从吏部回来时，见展昭正在等他。

展昭已经等了白玉堂很久，他听着白玉堂对他讲王更年临死前的情况。白玉堂突然问："展兄，你对李之培有何了解？"

展昭道："不了解，他只是陆大人的师爷，似乎是很精明干练的。你如何问及他？"

"我感觉他像一个人。"

"谁？"

"牟双峰。"

"什么？"展昭惊得呆住了。

白玉堂道："先不讲他了。我想马汉这案子，我们始终没有进入案情的最重要的地方。展兄，你我都是练武之人，击倒一个人，最简单的办法是什么？"

展昭疑道："自然是死穴了。"

白玉堂点头："不错，我们现在还没有找到死穴。"

展昭看着白玉堂："你所说死穴是何处？"

白玉堂问："你可知道陆晨明的来历？"

展昭点头："朝廷重臣，我岂能不知，他本是……"

白玉堂拦住他："不必说了，我现在对陆大人是一个什么角色，已经有些怀疑了。"

展昭惊道："玉堂弟，你如何怀疑到陆大人头上去了？"

白玉堂没有说话，他似乎沉浸在一种吃力的思考中。他目光看着窗外，西天的太阳已经快要落山了。晚风淡淡地吹进窗子，屋中有了些许凉意。

白玉堂收回目光，对展昭说："展兄，我还要出去一趟。"

白玉堂已经在南阳城中走访了三天，他得到了许多让他心惊的线索。这天黄昏，他在南阳城吃过夜饭，便上路回东京。路上很静。但是白玉堂想到会有阻挡，因为来时他感觉身后已经有人跟踪了。

走出南阳城三十里，路过一片丛林，白玉堂听到了一些异常的响动，刚刚安静无人的道路上，现在闪出了两个蒙面人。他们从天上掉下来的？不是，他们是刚刚从道旁的丛林里跳出来的。白玉堂已经看到了。

这两个蒙面人挡住去路。每人手里都握有一只出鞘的剑，剑光在夜色中神秘地闪着。他们一动不动，在伺机出手。

白玉堂淡然一笑："你们想做什么？是杀人还是劫财？"

两个蒙面人不说话。

风儿已经强烈。强烈的风声下，道旁的树叶似乎被吹得有气无力了。一片片落下来，一片……两片……三片……有麻雀在树林里惊慌失措地叫着。

白玉堂笑道："你们应该退去，我已经看出，你们并不是我的对手。"

两个蒙面人并不说话，但是他们手中的剑却已经有了轻微的响声，剑不会发声，只有持剑的人有了杀心，剑才会有了杀气，杀气重了，便自然会发出恐怖的声响。

白玉堂摇头长叹："我已经知道你们是谁，你们还是退下吧。一旦动手，我如何对得起我死去的朋友呢？"

两个蒙面人身子一颤，他们不明白，如何白玉堂已经知道了他们的底细呢？

白玉堂苦笑："你们两个并不是我的对手。我早已经说过。"

忽听身后的丛林中有些响动，又有两个蒙面人冲了出来，他们拦住了白玉堂的退路。白玉堂笑了："你们如此前后夹击，似乎连一条生路也不给我了。莫非逼得白玉堂一定要大开杀戒不成？"

四个蒙面人都不说话。

白玉堂笑了："其实你们即使不说话，片刻之间我们动手之时，你们也就会露出你们的本来面目。我们本来就是熟人，或者说是非常熟悉。你们总不会完全有把握将我杀死吧。你们四个联手，也未必没有我逃生的一线希望。我们明天如何见面呢？"

四个蒙面人似乎被白玉堂的话打动，他们相互看了看，便转身没进了丛林中。

白玉堂笑道："展兄何不现身。"

丛林中便闪出一人，果然是展昭，展昭笑道："你如何知道我在此处？"

白玉堂笑道："并非我知道你在此处，而是刚刚的四个蒙面人发现了你，他们以四人之力，是完全可以同我一搏的。但是我看出他们的目光中有所顾忌，顾忌什么？自然是知道我暗中有人保护，谁能保护我呢？我想现在的情景，只能是你展护卫了。"

展昭苦笑："难怪归景东已经把你当作了大敌，你的确心细如发。"

白玉堂笑了："展兄一路跟随我到南阳而来，必是知道这四个人是谁了？"

展昭点头："我自然知道，我只是奇怪，这四个人如何……"

白玉堂摆摆手："莫说了。我已经知道了其中的一些秘密。"

展昭道："马汉的判决已经下来，他被发配到沧州大牢。"

白玉堂哦了一声，便皱紧了眉头。良久，他对展昭说："展兄，此事并非如此简单，我看马汉有性命之虞啊。"

忽听丛林中有人笑了："白玉堂果然看破了这一层。"话音落下，丛林中走出一个人来。他微笑着看着展昭和白玉堂。

展昭和白玉堂同时怔住了，他们几乎同时惊讶地喊出："公孙先生……"

此人正是公孙策。公孙策向白玉堂笑道："你一定奇怪，我为什么也到南阳来了？"

贰贰

马汉的判决已经下来，杖笞一百，发配沧州。陆晨明派了十个解差押解马汉去沧州，以示重视。他担心马汉途中会出意外，还特意给马汉特制了辆囚车。

陆晨明差白玉堂、展昭、卢方、徐庆、蒋平等人继续在城中查找还没有下落的太祖宝剑。

明天就是马汉发配的日子，今天夜里，白玉堂、卢方、蒋平、徐庆、展昭一行到狱中去看即要动身的马汉。牢房阴暗。白玉堂一进大牢，便听到了一片哀号之声。他心情顿时沉闷起来，他想，如果世人知道牢狱如此阴森，犯罪便可少些。

再往下走，便是深牢，暗色中见一灯如豆，昏昏地跳动。

众人进了马汉的牢房，见马汉正在牢中坐着，重枷长锁，显然是一个重犯了。

众人进来，相对无言，众人看看马汉，马汉已经十分憔悴。众人心里一时十分凄楚。展昭淡淡道："马汉兄，你已经知道结果了？"

马汉点点头："开封府如此判我，皇上已经准奏，已经是恩宠有加了。"

卢方叹道："事情本不该是这个样子的。"

马汉凄然一笑："比起王大人他们，我已经算是万幸了。此次被判发配，并未牵累家人，便是皇恩浩荡了。"

众人无言。

白玉堂向马汉拱手道："马汉兄，我们几个明天另有差遣，今日就算是告别，明天就不去送你了。你到了沧州大牢，好自为之。"说罢，目光沉沉地看了马汉一眼，便转身走了。

众人都向马汉拱拱手，就起身随白玉堂走了。

白玉堂刚刚走出大牢，忽听到马汉声音很高地对牢头喊了一声：“请禀报陆大人，我有要事相告。”

白玉堂愣了一下，他却没有停步，走出了大牢。

第二天是一个极好的天气，天阔无云。

王朝、张龙、赵虎三人来到了东京城外的五里亭。五里亭据说是唐代所建，是友人折柳相别的地方。一些送别的诗篇便是在这里被诗人们吟成。此时王朝三人等候在这里，他们并没有什么诗篇相赠马汉，他们只是要送马汉上路。虽然马汉下毒，但是他们毕竟是多年的兄弟。恩仇之间，他们的感情是复杂的。他们还是来送马汉，这是一种兄弟间的情怀，陆大人自然准了。

王朝三个人默默地坐在亭中，三人的心绪都十分低落，长亭，从来都是令人伤感的地方。

三个人遥遥地看到押解马汉的囚车已经过来了。大凡发配，本是不用囚车的。而马汉的案子太重。陆晨明竟是动用了囚车，而且派了十个解差一路押送。

囚车木轮吱吱的响声越来越近。王朝三人起身迎了上去。

囚车停了下来，马汉坐在囚车里，看着王朝、张龙、赵虎，马汉的目光一软，泪就涌出来了。

王朝、张龙、赵虎已经在路上摆放了一张酒桌。一坛打开的老酒已经启封。王朝倒出几碗酒，张龙端着一碗酒送到囚车前。马汉坐在囚车之中，目光呆滞地看着众人，他终于摇摇头，表示不想饮酒。赵虎上前，凄然说道：“马汉兄，我们几个来送你。你总是要饮一碗的才好。我们共事多年，就此一别，不知何时再见。你不饮下这碗酒，怕是要冷了众兄弟的一片心意。”

马汉还是摇头。

王朝摆摆手，张龙、赵虎便把酒撤了。

马汉拱拱手："多谢三位相送，马某谢了。"

众人一起拱手。马汉便对解差说："起解吧。"

囚车向前去了。王朝、张龙、赵虎一路远远地目送囚车远去了。直到囚车看不到了，王朝、赵虎、张龙才长叹一声，上马转身回去了。

囚车在凉凉的秋风中行进着。十个解差十分警觉，他们不时地四下看着。又走出了几里，已经到了一片荒郊，四周是一片密密的丛林。

风穿过丛林，发出怪怪的声音，两个推车的解差，加快了步伐。正在此时，一个人影闪电般跃出丛林，其中一个解差猛地推动了囚车，就在囚车向前冲去时，斜刺里有人飞快地向囚车刺出一剑。因为囚车向前冲去，这一剑刺得空了，剑从马汉的肋下穿过去了，衣襟被穿了一个洞。马汉惊起一身冷汗。他没有想到会有人向他行刺，他已经看到这是一个蒙面人，一把剑在阳光下暴闪着杀气，第二剑已经刺了过来。但是，这一剑马汉却没有躲闪，因为一个解差扑了过来，解差已经挥刀拦住了这致命的一剑。

解差向蒙面人灿烂地一笑，蒙面人似乎吃了一惊，他根本没有想到这个解差会有如此手段，他当然更没有想到，这个解差竟是白玉堂所扮。

蒙面人似乎怔了一下，便将剑向白玉堂刺来。白玉堂回身一纵，这一纵是直奔蒙面人的空当而去，白玉堂的刀也同时向蒙面人的当胸刺去，蒙面人慌地回身横剑挡住了白玉堂这一刀。当然，白玉堂绝不会再给蒙面人反击的机会了。白玉堂飞身纵起，反身将刀向蒙面人刺去，蒙面人则像一块飘舞的绸缎，化解了白玉堂的刀。白玉堂暗暗称赞一声，他已经知道这个蒙面人是谁了，但是他知道，这个刺客绝不是一个人来的。他已经听到了马汉大叫一声，而后又响起了刀剑的撞击声。白玉堂并没有去看，他十分放心，马汉是不会被人伤害的。

白玉堂猜测得不错，就在他与蒙面人缠斗的时候，路边又闪出一个蒙面人，人未到，刀先到了囚车之上，这是致命的一刀，也是必胜的一刀，这个蒙面人似乎很有把握，马汉必死在刀下无疑。马汉已经看到了寒光闪闪的刀向囚车劈来，他惊得大叫一声，但是马汉和出刀人并没有预料，马汉后边的那个推车的差人竟闪电般拔剑挡住了这一刀，而且出刀的人竟险些被击倒。这个蒙面人大吃一惊，蒙面人也看出了，这个手段非常的解差当然也不是一个普通的解差。

他是展昭。

此时，那个蒙面人的剑已经被白玉堂击飞了。他被白玉堂用刀逼住。几个解差上前绑了他。一个解差上前扯下了他的蒙面巾，囚车上的马汉看到，惊得呆住，不觉喊出来："秦莲？如何是你？"

白玉堂微微一笑："自然是秦莲，几年的工夫，武艺竟是突飞猛进了。"

秦莲大骂："白玉堂，你这不仁不义的东西，你如何竟狠心害死了我爹爹？"

白玉堂并不答话，淡淡的目光看着前边。前边，展昭已经用剑逼住了另一个蒙面人，也扯下了他的蒙面巾，当然，这个蒙面人是季明扬。

白玉堂问："季明扬，何人主使？你们竟来谋刺马汉？"

季明扬点点头："我知道我们今天失手了，但是，白玉堂，我想求你一件事。"

白玉堂问："什么事？"

季明扬说："我让你放了秦莲，我跟你去开封府。"

白玉堂摇头："你与秦莲来行刺，确是错了。若在平常，我自然会不计较此事，而现在，你们都是开封府的官差，竟敢如此执法犯法。我一定要押送你们回去，在陆大人面前有一个交代。"

季明扬有些痛苦地说道："你放了秦莲，我跟你走，到了开封府，你问什么，我说什么。你放心便是。"

白玉堂嘿嘿冷笑："我今天不能放人，我要连你一道送官。"他挥挥手，两个解差上前，绑了季明扬。

秦莲破口大骂："白玉堂，我与你不共戴天。"

展昭淡淡地对差人说："走吧。"

囚车在秋风中行进。

秦莲叹道："明扬，我们失算了……"

季明扬仰天长叹："我们斗不过白玉堂。"

囚车到了河北地界。天色已经晚了，白玉堂带解差们住进了客栈。

快天亮的时候，白玉堂起身，他走出自己的房间，走进关押秦莲和季明扬的房间。白玉堂让看押秦莲和季明扬的两个解差给二人松了绑，然后他摆摆手，两个解差便退了出去。秦莲和季明扬站在白玉堂面前，恨恨地看着他。

白玉堂问："你们为什么一定要刺杀马汉？"

秦莲恨道："白玉堂，我们不只是要杀马汉，更要杀你，报杀父之仇。"

白玉堂摇头苦笑："事情已经很明白了，你们何苦再瞒。你们当然想杀我，但今天你们只为杀马汉而来。只是你们没有想到我和展昭会假扮解差，一路护送马汉，你们……"白玉堂突然不再说。

秦莲和季明扬看着白玉堂，他们不知道白玉堂为何不再说下去了。

白玉堂沉默着，屋里一片沉寂。突然白玉堂的目光明亮起来，他看着秦莲和季明扬："你们才是散花仙女和飞天蜈蚣。"

秦莲和季明扬默然无语。

白玉堂叹道："秦莲啊，其实我早已经知道了这些。你们何必卷进这场是非中来呢？当然，我知道你要为父亲报仇。"

秦莲冷笑："你既然知道，你还问什么？"

白玉堂叹道："秦莲啊，我杀你父亲实属无奈，我曾经跟你父亲是挚友，但是他图谋不轨，把马汉几个人陷害到如此地步。我没有办法。这世界上的事情有时非常复杂，但处理起来却很简单，即不是你死，就是我活。今天的事情我曾经有疑虑，我还想不透季明扬是利用你，还是真的爱你。我总是怀疑他是利用你，但现在我知道自己判断错了。他是真爱你的。我本可以把你们送官，但我还是放你们走，我相信他会好好待你的。你父亲临终前交给我一封信，让我交给你们。"白玉堂从怀里掏出一张纸条，交给秦莲。

秦莲接过信，她展开看过了，她看完了信，突然怔在那里。泪水流了出来，渐渐地流了满面，她颤声道："白叔叔，这封信你看过没有？"

"没有看过。"

"你真的没有看过？"

"我没有撒谎，我跟你父亲是朋友，他只是让我把这封信交给你们，他并没有说让我看，我怎么会看呢？"

"那……"

"你还想问什么？"

"你究竟与我父亲是敌是友？"

白玉堂凄然一笑："你可能不理解，你父亲如何会把你们夫妻托付给我的。"

秦莲颤颤地一问："为什么？"

白玉堂沉沉地说："我们虽然是黑白两道，但我们还是朋友。换句话说，我们曾经是肝胆相照的朋友，后来是肝胆相照的敌人。你懂得肝胆相照这四个字吗？这是山一般重的四个字啊。"白玉堂眼睛湿了。他又想起当年与秦子林笑游江湖的许多往事。而现在秦子林已经去了，他再也听不到秦子林酒后那爽朗的笑声了。白玉堂心头涌起一阵难堪的寂寞。

秦莲怔怔地看着白玉堂，她刚刚仇恨的目光已经渐渐柔软了。

此时天光已经大亮，太阳已经升起，温和的光线射进了房间。

白玉堂点点头："如果你想替你父亲报仇，我这条命现在就可以给你，而且你随时都可以取走。但是我还是告诉你们，你们应该退出去了。我白玉堂从不放过任何对手，而且是身有人命的敌手，但是今天我还是要开脱你们。因为你们是被人利用，而且被你们最敬爱的人利用了。现在他已经死了，你们所犯下的错误，他已经替你们偿还了。你们还年轻。我不想让你们去坐牢。你们还不明白吗？现在你们可以杀了我，逃走。你们也可以从容地走出去，没有我的命令，没有人会阻拦你们。这两条道路，你们选择吧。但是无论如何，飞天蜈蚣和散花仙女从此不应该存在了。"他转过身去。

秦莲和季明扬相互看看，季明扬道："白叔叔，你真的已经知道了我们的事情？"

白玉堂淡淡地说："我全都知道。世上没有什么散花仙女，也没有什么飞天蜈蚣，只有秦莲，只有季明扬。"

秦莲和季明扬浑身一颤。

秦莲叹道："白叔叔，我们的行动，都在你的掌握之中了。"

屋子里死一般的寂静，白玉堂没有说话，他似乎已经不想再说，也许他知道自己说得太多了。

过了许久，白玉堂回过头来，房间里已经没有了秦莲和季明扬。

白玉堂重重地叹了一口气。

桌上，是秦子林留给秦莲的信。秦莲为什么要把它留下，当然是为了让白玉堂看。

白玉堂拿起信看了，上边写着：

莲儿扬儿：

　　白玉堂是我多年的生死兄弟，我死后把你们托付给他，因为他是我唯一可以托付的人。我一生相交天下英雄，知心只有白玉堂一人。你们要像尊重我一样尊重他，不得伤害他。切记。记住，我的死和白玉堂并无关系，实在是我只求速死。江湖中的许多事情，你们是不知道的。你们看到这封信后，便去家乡，我在那里已经为你们盖好了房子，还有果园。你们切不要再重现江湖了。

你们的父亲：秦子林

白玉堂看罢，已经是热泪长流。

窗外，晨风突然激烈起来了。这是深秋的晨风。风卷着残叶，在街中卷过，枯枝败叶在风中发出沙哑的声响。这从来都是让人惆怅的风景啊。

白玉堂步履沉重地走出了客栈。

客栈门前响起了马嘶声，白玉堂看到了两匹马，他当然也看到是谁站在那里。

季明扬和秦莲。他们似乎知道白玉堂会出来，他们似乎是在等白玉堂。

季明扬表情有些发痴。他脸上已经全无了往日的杀气，心里在想什么，当然只有他自己知道。他身边的秦莲，脸上也无表情。

白玉堂走到他们跟前，站住。他张张嘴，想说什么，可是什么也没有说。

季明扬突然微微笑了："白叔叔，谢谢你。"

白玉堂淡淡一笑："谢我什么？"

季明扬长叹一声："你替我们解决了一个难题。"

白玉堂问："什么难题？"

季明扬望着远处，远处是无垠的山野，风儿一路吹过去，山野茫茫似如仙境。季明扬的目光十分温和了。他轻轻道："岳父曾经跟我说过，他在山里买了十亩果林，盖了几间草屋。"

白玉堂点头："他对我说过的，他想金盆洗手后到那里去过几年清闲的日子，可是他没有……"白玉堂突然不愿再说。他现在心情有些糟糕，是啊，人在江湖，身不由己。许多英雄好汉一直到生命的最后，也没有放下浮名。

季明扬长叹一声："也许是上天使我遇到了你，你使我下了决心。我现在已经没有逞强夺胜的雄心，也不想再为一点浮名闲气与人拼死争活。"他突然停住，看着白玉堂："白叔叔，你呢？"

白玉堂凄然一笑："你们现在很好，还没有陷进这个泥坑里。我现在已经是骑虎难下。既使我躲到天边去，也一样有人会找到我的。你们去吧，我真想有一天，去找你们去喝几杯。"

季明扬说："真希望您去。我一定陪您一醉。"

秦莲一双泪眼看着白玉堂："真的，白叔叔，我们真的希望你去。"

白玉堂点头："我一定去。"

季明扬拱拱手，转身和秦莲上马走了。两匹马走得很快，卷起一路黄尘。白玉堂心头伤感了一下，他当然知道，此一去，武林中怕是再也听不到季明扬、秦莲这两个名字了。散花仙女和飞天蜈蚣也便自动消失了。秦莲和季明扬决不会再重现江湖了，对于季明扬来说，他一生只要有秦莲为伴，已经足矣。人生一世，过眼滔滔。一个人只要快活，只要洒脱，即使一生隐姓埋名，又会怎么样呢？

白玉堂心里百感交集。他用很羡慕的目光送出季明扬和秦莲很远。直到风尘滚滚看不到他们的身影了，他才转过身来，却看到客栈门口，展昭正在那里孤孤地站着。

白玉堂走了过去。

二人相对无语。展昭看到白玉堂似乎是心事重重的样子。

展昭突然问："玉堂，不知道你今天还有什么放不下的。"

白玉堂叹道："我现在私自放走了秦莲与季明扬，怕你也要吃挂累的啊？"

展昭笑道："我从没有见你放走过谁。我想大概是秦莲和季明扬只是路过，他们不习惯开封府捕快的工作，二人是辞差而去了。好像那天归景东这样讲的啊。"

白玉堂笑了。

展昭也笑了。

白玉堂似乎是漫不经心地说了一句："公孙策先生是让我们送马汉到沧州的吧？"

展昭微笑道："自然是了，送人送到家。此是常理。"

贰叁

中午时分，河北沧州的南门外走进来了押解马汉的囚车。展昭和白玉堂一左一右随着囚车行走。后边是四个解差相随，前边是四个解差引路。他们缓缓地走着，似乎他们并不急着赶路。是啊，他们已经走了几天，他们一路上很少说话，押解马汉，毕竟不是一件愉快的事情。

囚车刚要进沧州城，突然一个差人骑快马奔驰而来，差人追上囚车，跳下马来，对展昭道："展护卫、白义士，陆大人要你们回去商量急事。"

展昭打量了一下差人："我怎么不认识你。"

差人笑道："我也是刚刚招募进来的。"

展昭对白玉堂笑道："玉堂兄弟，我们只好回去了，看来，我们是不能送马汉到沧州大牢了。"

白玉堂笑道："也好。"

展昭笑道："前边就是沧州大牢了。马汉兄，多保重。"

囚车上的马汉点点头。

白玉堂和展昭向马汉拱拱手，转身走了。

囚车向前去了。

囚车行到沧州街里时，迎面过来一辆马车，街道很窄，囚车便让到路边，想等马车过去，而这时，马车却停了下来，几个差人刚刚过去要问，突然马车上跳下两个蒙面人来，拔刀便扑向了马汉。几个差人慌地扑上去，却被这两个人砍倒了。这两个人挥刀直扑马汉。

马汉大惊，他刚要喊，那两个蒙面人的钢刀已经砍断了他的脖子。

两个蒙面人抽身便走，突然传来一阵笑声："两位，天下没有这样的事情，如何杀了人便走？"话音落下，只见有两个人从囚车后边纵身而起，拦住了这两个蒙面人。他们是展昭和白玉堂。

两个蒙面人大惊，他们也许没有想到白玉堂和展昭会在这里出现。

两个蒙面人战了两个回合，情知不敌，抽身便退，却不料，此时街中围观的人中闪出一人，一把刀似一团白雾般席卷而来，两个蒙面人已经被砍翻在地了。

白玉堂和展昭大惊,他们停住去看,竟是归景东。

归景东收起刀,过去看看那个蒙面人,扯下他们的蒙面巾,众人都呆住了,竟是杨剑青与霍龙。

展昭看着归景东,疑道:"归老英雄,你如何来了?"

归景东看看白玉堂和展昭,叹了一口气:"我一路跟踪他们,到了这里,真让人想不到,他们竟会向马汉下手,而且还杀死了马汉。"

白玉堂皱眉道:"他们可是你的徒弟啊。"

归景东摇头:"这两个恶徒便是飞天蜈蚣和散花仙女。"

展昭和白玉堂的脸上皆露出惊愕之色:"果然如此?"

归景东叹口气:"可惜我稍稍晚了些才识破。"说罢,拱拱手:"二位,我先告辞了。"归景东走了。

展昭和白玉堂远远地看着归景东消失在城门处,二人会意地一笑。

囚车后边的一个差人摘下帽子,他才是真正的马汉。而在囚车中的马汉,只是一个差人假扮的。展昭看看那已经死去的差人,叹道:"可惜了。"

马汉长叹一声:"真是被你们言中了。如果我坐在囚车上,现在已经身首异处了。"

白玉堂笑道:"前边是一家酒店,我们不妨在那里饮酒话别。马兄意下如何?"

马汉点头道:"我真是想喝一些酒了。"

白玉堂回身对几个差人道:"还烦几位给我个面子。"

展昭掏出几锭银子递给几个差人。

一个差人笑道:"展爷不必如此,银子卢护卫已经给过了。我们过去都是马爷的跟从,自然好好照料马爷的。"

白玉堂拱手笑道:"多谢诸位。"

展昭看看白玉堂,白玉堂点点头,展昭没有上楼。

马汉与白玉堂进了酒店。小二迎上来,二人拣一张临窗的桌子坐下。白玉堂便喊了酒菜。不一刻,小二飞快地将酒菜端上来。

白玉堂举杯笑道:"马汉兄,我敬你一杯。"

马汉忙道:"不敢。"也端起杯来。

白玉堂笑道:"我这一杯却不是白白饮的。我只要马兄一句话。"

马汉脸色一变:"什么话。"

白玉堂微笑道:"马兄,事到如今,你还想隐瞒吗?"

马汉急道:"我……"

白玉堂低声喝道:"你认为他们会放过你吗?"

马汉沉默了,许久,喃喃道:"或者我真的错了。"

白玉堂道:"莫非你还要对我讲什么太祖宝剑吗?难道你现在还不相信我白玉堂吗?"

马汉没有回答。没有回答也算是回答了。

马汉脸色苍白极了,许久,他才点头:"玉堂兄弟,你猜得很对,的确没有什么宝剑,而是更重要的东西。它现在是在我手里,但是,如果我交出去,我自然是死定了。我死不足惜,但是如果交付错了,那么,国将不国啊!"说到这里,他放低了声音,对白玉堂耳语了几句。

白玉堂听罢,苦苦一笑:"你为何到此时才讲的?"

马汉摇头："即使事到如今，我也是不该讲的。此事关系到国家……"他说不下去了。

白玉堂叹道："你岂不知，此事把多少人扯进去了啊。"

二人一时无话，风儿在窗子上悄悄地吹着。

白玉堂道："此事我已经知道，一定要弄个水落石出。"

马汉摇头："你大可不必冒这个风险，现在事情已经成了定局。大宋江山或许气数将尽。包大人被逼辞官，梁大人获罪，王大人已经被烧死，皇子们个个心怀叵测，开封府里的人也各藏心事，你又何必牵扯进去呢。罢了。玉堂弟，此事已经不可逆转，牺牲我马汉一个已经足矣。"

白玉堂冷冷一笑："人间正道，岂可被奸人操纵？"

马汉疑道："你如何做？"

白玉堂道："此案很快就会水落石出，真相大白于天下，朝廷自然会赦免你。"

马汉摇头道："玉堂啊，你何必不识时务呢？此案非比寻常，其中隐情，山重水复。你非是不可为，而是不能为。你就听我一句，就此罢手，听天由命吧。"

白玉堂冷笑："马汉兄，你身陷生死一线之间，我白玉堂岂能坐视？即使悬崖百丈，我白玉堂也要与你携手跳下，一同粉身碎骨罢了。"说罢，白玉堂定定地看着马汉。

马汉泪如雨下，颤声道："人生一世，交往下你这样一个兄弟也就够了。"说罢，端起一碗酒，一饮而尽，然后看定白玉堂："玉堂兄弟，你千万当心。你的对手都是一些奸恶之徒，手段无所不用其极。"

白玉堂站起身，叹道："马兄啊，我自然会小心行事。只是你要好自为之，你在沧州的大牢里会接到赦免的圣旨的。我与展昭处心积虑地把你送到沧州大牢，只是想那里最安全。那里的狱长，本是我多年的生死兄弟。他自会照看你的。"

马汉点头。

二人起身，下楼去了。

白玉堂到了店外，对马汉说："我不远送了。"

> 读到此处，耳朵热血沸腾，白玉堂同马汉的如此交往，直让后来人高山仰止。

马汉随几个差人走出很远，回头看看，见白玉堂仍旧在街中站立。起风了，他一袭白袍，衣袂飘飘，如风中玉树。马汉心中一热，泪就淌下来，猛转身，大步向前去了。

远远地看不到马汉了，白玉堂转身出城。

沧州城门外。展昭正在那里等候。他身边是两匹坐骑。

展昭问："他都讲了？"

白玉堂点点头："讲了。这个马汉，也算是敢作敢当的好汉了。"

展昭叹道："这也是包大人多年调教有方啊。"

白玉堂长长吁出一口气："现在只剩下了一件事。如果我们查不出此事的真相，就找不到破解这件案子的钥匙。"

展昭一时没有听明白，他看着白玉堂。

白玉堂却没有说话。他仰头看天。

正是中午，太阳像一个红透了的大柿子当头悬挂着，几朵灰色的云在风中匆匆疾走，似乎在赶路。秋风辽远而高阔。

白玉堂惨然一笑："我们走吧，这场戏应该收尾了。"说罢，他飞身上马，策马去了。

展昭也跃上马去，跟着白玉堂去了。

贰肆

东京城西，青石山下，白玉堂下了马，展昭也下了马。二人在山下的树上拴了马。白玉堂看看四周，便打了一声长长的口哨。

有两个大汉迎上来，向白玉堂拱手。白玉堂也拱手笑道："久等了。"

两个大汉笑道："我们也是刚刚到来。"

展昭疑惑地看看这两个大汉。他问白玉堂："这二位是……"

白玉堂笑道："展兄不必问，他们也不必说，他们只是拿了银子做事。"

展昭心中突然有些醒悟，他猜测出白玉堂要做什么了。但是他没有再问，只是跟着白玉堂向山上走去。

白玉堂上了山，山中皆是一些高高低低的陵墓。几个人再往深处走，是一片气势更加雄伟的墓地。这里曾经埋下了许多武林高手。此处并非武林的正陵，只是一些因为各种原因不能入正陵的武林弟子。白玉堂走到了一个坟墓前站住。

两个大汉停住，他们懒懒地看着白玉堂。

展昭微微一叹："玉堂兄弟，你是来看云中英的坟墓？"

白玉堂点头："是的？"

展昭问："你如何知道她埋于此地？"

白玉堂苦笑道："当年秦子林曾经告诉过我，云中英生于猎户之家，这一家云姓的猎户，也应该是隐于江湖的武林高手，云中英便也埋在了这里。"

展昭摇摇头："刚刚随你上山时，我已经猜透，玉堂，你还是三思，不好轻易动云中英的棺椁。这不仅是犯了大宋刑律，且云中英本是武林声高名重之人，你我若掘她的坟墓，江湖中必然惹出一场大乱。"

白玉堂痛苦地说："展兄，这些我岂能不知，单说我对云中英大姐的情感，也非常人知道。当年，我还在江湖中做杀手时，我这一套夺命刀法，便是云大姐亲自传授。这套刀法，曾经多次救我于生死一线之间。再有，秦子林是我多年的生死之交，虽然现在事过境迁，但我仍然敬重他。但马汉之案，我还有许多处疑点，容不得我不多想，江湖中都说云中英已经死了，单单凭一句话，我不敢相信。"

展昭道："玉堂啊，如果你猜错了，可就无可挽回了！"

白玉堂不再与展昭说话，对两个大汉冷笑一声："挖开。"

一个大汉伸手搬走了云中英的墓碑。

二人便从行囊中取出工具，展昭看出，这二人便是盗墓的行家。二人一路挖下去了。很快就挖下去十余尺，一具棺椁暴露在阳光下。

白玉堂低低一声喝："打开。"

展昭突然喊了一声："玉堂弟，此事还要三思，如果你猜错了，你必然要触犯大宋条律了。"说罢，就跃身跳下去，挡在了两个大汉的面前。

两个大汉停下，怔怔地看着白玉堂。

白玉堂目光空空地看着展昭，他淡淡道："展兄，我当然知道此事后果的厉害。但事到如今，我还能够有退身之路吗？此事已经疑点重重，我是不得不如此啊。"

展昭张张口，讲不出什么。

阳光灿烂，这刚刚挖开的坟墓与旁边森森的墓群很不相称。白玉堂纵身跳下了坟坑，他对两个掘墓人道："你们去吧，此事由我来做。"说罢，掏出两锭银子扔给两个大汉。

两个掘墓人接过银子，不解地看看白玉堂，便跃上坟坑，下山去了。

展昭猛地拔出剑来，大喝一声："玉堂，你且住手。"此时此刻，展昭心中已经大乱，在光天化日之下，没有任何官府的缉查命令，白玉堂怎敢私自掘开别人的墓穴呢？这已经是杀头之罪了。

白玉堂也霍地拔出刀来，他用刀逼住展昭："展兄，请你让开，这件事我今天一定要做到底的。事情总要真相大白于天下的，否则，我们的牺牲就太大了。马汉被冤枉，梁大人被冤枉，卢方大哥蒋平大哥也被冤枉。难道我们就此止步吗？我相信我的直觉。"

展昭无言以对。

阳光暴烈地直射下来，白玉堂岿然站在墓坑里。

展昭凄然说道："玉堂，你再思再想才好，这可是灭族之罪啊。"

白玉堂怔了一下，脸色有些苍白，他抬头看看展昭，说："展兄，我岂能不懂，这何止是灭族之罪，而且以我与秦子林的交情，如果此事真的让我猜错了，简直就是令天下人不齿的事情。我白玉堂一世声名，便会狼藉不堪。但事已至此，我怎能功亏一篑，我只有往前走了。皇上那里，我去领罪。"

展昭重重地看了白玉堂一眼，闪在一边。

白玉堂沿着棺材四周寻找机关，他终于找到了锁棺的那两根钉子。他伸出手，一用力，两只钉子被拔了出来。他停下来，嗅到了湿润的腐草和泥土的气息。

展昭站在上边，心跳如鼓，到目前为止，他知道自己已经卷进了这件灭族之罪的活动中了。他不想去阻挡白玉堂，他知道自己也阻挡不了白玉堂。展昭同样想知道真相。使他心慌的并不是灭族的恐惧，而是可能见到真相的恐惧，或者说是见不到真相的恐惧。

展昭站在上边一动不动，风儿也似乎停止了，太阳也似乎呆呆地瓷在了天上。

白玉堂非常缓慢地揭开了棺盖。一阵拧断树干般的响声过后，他扬手把棺盖扔在了一旁，阳光惊慌地一跳，强烈的光线射进了棺材。

白玉堂还是怔住了。尽管他已经预料是这样子的，但他还是怔住了。展昭跳下来，怔怔地站在白玉堂身旁。他禁不住低低地叫了一声。他也看到了这棺材里边的情况。

棺材里边空空如也。

当然也就没有云中英。只有几件衣服，零乱地扔在里边，看得出当时这具棺材下葬时的匆忙。这几件衣服已经只有形状，风儿一吹，便散落了，顷刻化成灰了。

云中英如何竟没有在里边？

难道当年一剑名动江湖的云中英还活在人间？

白玉堂长长吁出了一口气，呆呆地看着这空空的坟墓，弯下腰去，他从这堆已经化成灰的衣服里，拿出了一枚戒指。他皱眉看着，把戒指递给了展昭。展昭接过去看了，不禁愣住。他自然也似乎在什么地方见过这枚戒指。他思考了一下，突然想起了什么，对白玉堂说："果然是她？"

贰伍

东京城外得意酒楼的大堂内，摆下了几桌盛大的酒席。得意酒楼里已经擦洗得桌明几净。今天得意酒楼对外不营业，这几桌酒席，是开封府陆晨明大人订下的。今天陆大人要在这里宴请开封府的护卫和差人们。

破案请客，是包拯当府尹时留下的惯例。每逢有大案要案破获之后，便在开封府的后堂内摆下宴席庆祝。平常只在开封府里做粗茶淡饭的厨子，届时便是忙得不可开交了。而今天陆晨明却不在开封府后堂宴请众人，而是包租了田仿晓的得意酒楼。当然，这里的价钱是要高一些了。但是也有人分析，或许是田仿晓给陆大人一个面子，并不用陆大人埋单的。

众人走进得意酒楼时，田仿晓已经在门口迎候。饭店的老板，也候在酒楼的门口，这是一个田仿晓刚刚聘来不久的店老板，他赔着一张笑脸，站在酒楼门口，迎接着开封府的官员和差人们。得意酒楼的灶房里，已经响起了锅碗勺盆的欢快交响曲。饭香和菜香在酒楼中升腾弥散着。

得意酒楼虽然属于田仿晓的生意，但是他并不是常常来此，他起身检查了一下酒楼里的环境，对老板说："今日不比寻常，都是开封府的要人，你要好生伺候。"他又看了看酒楼里的几个小二。大都穿着十分整洁。他满意地点点头。柜台上的两个年纪稍大些的伙计，也忙着给众人沏茶倒水。这是两个一胖一瘦的伙计。田仿晓看他们的手脚似乎笨拙了些，但是田仿晓并没有说什么。他想，这两个伙计大概是老板的亲友。谁做生意，也会要用上几个自己亲友的。

陆晨明自然是坐在首席上，他还请来了归景东。田仿晓坐在了归景东的旁边，作为有功之人的展昭和白玉堂坐在了陆晨明的身旁。师爷李之培也坐在白玉堂身旁。

卢方、徐庆、蒋平、王朝、张龙、赵虎也都坐在了另一张餐桌上。其余的一些捕快们也分别坐在几张桌前。

冷盘热炒已经摆上了桌子，每张桌子都打开了一坛陈年的老酒。酒香立刻在酒楼里飘溢开来。这酒当然是田仿晓先生赞助的了。

陆晨明与归景东、田仿晓一一敬酒，陆晨明首先感谢归景东在这场破案中，拔刀相助且大义灭亲，杀死了杨剑青和霍龙即散花仙女和飞天蜈蚣。再感谢田仿晓给开封府通报消息。归景东也微笑着，向陆晨明敬酒，然后向展昭等人一一敬酒。当他把酒敬到白玉堂时，白玉堂却没有端酒杯。

陆晨明看看白玉堂，哈哈笑道："白义士，这些日子你也辛苦了，今日是大喜之日，你应该痛饮几杯才是。如何还是心事重重的样子啊？"

白玉堂问："陆大人说大喜之日，白玉堂不知，还请陆大人明示。"

陆晨明笑道："今日有三喜：大案已经告破，皇上也下旨宣诏梁大人获释，开封府上下均有奖赏，此是一喜也；杨剑青和霍龙在追杀马汉的路上，已经被归老英雄杀死，他们便是飞天蜈蚣和散花仙女，朝廷去了心腹之患，太祖宝剑也失而复得，此为二喜；六皇子将要册封太子，皇室之中再无争斗，此是三喜，也是喜中之喜也。此是国家社稷之喜。"陆晨明说罢，起身举杯。

堂上一片欢呼，众人饮下了一杯。

白玉堂和展昭却不饮。陆晨明奇怪地看着他们。

白玉堂淡然一笑："陆大人，还有季明扬和秦莲呢？陆大人不曾提及啊。"

陆晨明笑道："马汉归案之日，他们夫妻二人便退出了开封府。你并没有什么放心不下的事情了，案子已经全部告破，你陪归老英雄饮几杯。"

白玉堂看着归景东，微微一笑，他淡然说道："归老英雄，季明扬和秦莲并不是退出了开封府。我知道他们已经死了。"

陆晨明也吃了一惊。

归景东不相信地看了看白玉堂："怎么，他们如何死了？"

白玉堂笑道："的确如此。他们在押解马汉的途中行刺，被我和展护卫抓获，他们企图逃走，我们只好杀了他们。"

归景东看看展昭。

展昭脸上毫无表情。

陆晨明疑道："白玉堂，季明扬和秦莲不是退出江湖了吗？如何是死了呢？"

归景东眼睛里闪过一种哀伤的东西。

白玉堂捕捉到了归景东的神色，他笑道："归老英雄似乎不大高兴？"

归景东凄然一笑："我只是有些伤感，一些本来不应该发生的事情，如何就发生了呢？或许真是天意。"他的脸色似乎有些苍白了。

白玉堂笑道："一切似乎都是宿命啊，归老英雄。"

展昭笑道："白玉堂似乎也常常做一些宿命的事情。"

归景东和陆晨明听不明白展昭说的是什么意思，他们怔怔地看着展昭。

白玉堂看看展昭，粲然一笑："陆大人，刚刚是一句戏言，秦莲和季明扬的确是退出江湖了。因为他们已经看破了一些令人厌恶的事情。"

陆晨明和归景东同时愣住了。但是归景东的脸色红润起来了。

白玉堂苦笑道："其实他们真正是有罪的，我暂且先按下不讲。而杨剑青、霍龙却是被人利用了，归老英雄杀掉了他们，岂是大义灭亲，而是有悖天理。他们死前也并不知道，他们并没有刺杀了马汉，马汉现在还活着。"

陆晨明脸上变了颜色："什么？马汉还活着？"

归景东脸上显出惊愕之色。

白玉堂点头："马汉的确还活着。他现在仍在沧州大牢里安然无事。如果我猜得不错，他也许现在正同牢头举杯同饮呢。"

楼里一片寂静。他们真的不知道马汉竟然还活着。

白玉堂说道:"事情的经过是这样的,先是秦莲和季明扬企图刺杀马汉,但是没有成功。杨剑青和霍龙刺杀了马汉,却又是杀错了,杨剑青、霍龙被归老英雄杀掉,他们也是罪有应得,他们本来就不是归老英雄的徒弟,他们只是杀人无算的杀手。"

陆晨明似乎一头雾水:"怎么会如此?那秦莲和季明扬如何会被放走了呢?"

归景东突然笑了:"陆大人,我明白了,白玉堂是看在了他与秦子林的面上,放走了秦莲与季明扬。既然如此,就送一个人情给白玉堂吧。我知道他与秦子林是生死之交。他是绝不肯向秦子林的后人下手的。"他的目光中有了很温柔的东西在闪动。

白玉堂笑道:"多谢归先生理解。"

一旁的展昭却摇头冷笑:"此事确是错了,玉堂弟,如果秦莲与季明扬是企图杀害马汉的真凶,你怎么能放他们走呢?陆大人这里如何交代?"

归景东爽然一笑:"白义士网开一面,自然有他的道理。展大人,就不必深究了吧。"

展昭却还是摇头:"不妥,不妥。此事传扬出去,就要说开封府放走朝廷要犯了啊。陆大人,你说是也不是?"

陆晨明有些尴尬地点点头:"展护卫说得也有几分道理。"

白玉堂笑道:"陆大人,如果白玉堂此举做错了,此事可向归先生要人便是。"

陆晨明疑道:"你是怎的讲话,如何向归先生要人呢?"

归景东淡然一笑:"白义士,秦莲、季明扬都是我的徒儿,但我并没有让他们去做什么伤天理之事啊。他们若做下什么触犯朝律之事,也是与我无关的啊。退一步讲话,你放走了他们,陆大人理应追究你的责任啊。"

白玉堂笑道："我现在并不是讲放走他们应该与否，我只是问，归老英雄的徒弟是什么角色人物，归老英雄不能一点儿都不知道吧？"

归景东冷笑："他们能是什么人物？"

白玉堂道："秦莲和季明扬才是真正的散花仙女和飞天蜈蚣。"

楼中一片喧哗。店中的伙计们也都怔住了。

陆晨明霍地站起身，冷冷道："白玉堂，此处是开封府，你讲话要有证据。再者，马汉一案，已经告破，你不要在此节外生枝，惹动是非。"

归景东也道："白玉堂，我佩服你敢于怀疑一切的勇气，但是刚刚陆大人已经讲了，你说话要有证据。"

白玉堂道："我自然会有证据，这件事还是要从归老英雄说起。因为此事一开始，便是你归老英雄从中操纵。你瞒过了我们大家。这也难怪，我们谁能怀疑你呢？一个功成名就的大英雄，可问题就是出在你的身上。功成名就靠什么？绝技？实力？一场高手之间的殊死搏斗之后，侥幸存活下来？有些人功成名就有道理，有的人则无章可循。比如归老英雄。你从何处来？如天外飞来石一样神秘。似乎是一夜成名。当秦子林与我决斗之时，我心中对归老英雄的来历已经有了猜测，只是子林兄过于固执，他不肯说。"

白玉堂说到这里，看看归景东，归景东埋下头静静地喝茶，仿佛白玉堂正在说一件与他毫无关系的事情。

白玉堂笑道："按照陆大人的说法，现在大案已经告破，现在已经完全了结了。我下边的话应该只能算作猜测了，众位，我先说这一句，放在这里。我想诸位与我一样心闷，还有诸多疑问萦绕心头，化解不开。"

白玉堂说到这里，突然不再说，他端起茶杯，呷了一口茶，目光看着窗外。

窗外风和日丽，但人们心中感觉风雨似乎就要来临。

风和日丽，没有风雨。但在众人的心中，已经是风雨大作。

堂上的空气十分紧张，人们全是怔怔呆呆的了，人们已经无心喝酒。他们现在想听白玉堂能说出哪些个疑问来。

四种势力

得意酒楼里真似一张拉满了的弓，紧张极了。而白玉堂就是这弓弦上蓄势待发的利箭，谁也不知道他会射向哪里。

白玉堂或者真是有些累了，他慢慢地喝着茶，什么也不想说的样子。

徐庆着急地催着："老五，你倒是快些说啊，直是要把人闷死了。"

白玉堂看看木木怔怔的众人，他爽朗一笑："好，下边就讲我的猜测。不知道归老英雄是否愿意听我讲这些。"

归景东冷笑一声："请讲。"

白玉堂说："从始至终，我绕不过去一个疑点。飞天蜈蚣和散花仙女能够如此胆大妄为，是因为他们自恃武功高强？即使他们武功高强，能在戒备森严的皇宫之中如入无人之境，必须具备两个条件，一、必须是武功十分高强，而且与朝中的重要人物有所联系，熟知宫中的路线。否则，在机关重重且高手如林的皇宫中作案，直是一句梦话。我知道秦子林是六皇子的师父，皇宫中的路线，他自然知道。二、那天宫中的侍卫曾经与散花仙女、飞天蜈蚣交过手，他们向我描述了这两个大盗的手法，我听出，这二人都是出自秦子林的门内功夫。秦子林是从不向外人传授他的武功绝学的，他能够传授的只有秦莲和季明扬。所以说，散花仙女和飞天蜈蚣，不过是秦莲和季明扬假扮罢了。"

众人听得心头一跳，怔怔地听着白玉堂说下去。

白玉堂盯着归景东道："秦子林本是一个闲散之人，他如何莫名其妙地卷到这里边来了，而且还牵扯进了他的女儿和女婿？我看出他有许多无奈。那天我二人交手，他已经抱着赴死的心肠了。他替谁赴死呢？谁能让一向心高气傲的秦子林去凛然赴死呢？归先生，您能讲清楚这其中的道理吗？"

归景东一脸木然地摇摇头。

白玉堂叹道："我实在不理解的是，如果说秦子林是被人收买，那么，是谁能够收买一向挥金如土笑傲江湖的秦子林呢？"

众人发不出声。

白玉堂看看众人："这仅仅是疑点之一，疑点实在是太多了，还有，吏部尚书王更年大人之死，明明是自杀，偏偏说成是病故。为什么呢？莫非是另有隐情？王更年大人是为谁从容赴死呢？"

堂上无人说话。

白玉堂接着说："再有，万兴客栈本来就是一个黑店，开封府也早就知道，如何就不去那里搜查马汉，而只是听之任之呢？是谁给了开店之人这么大的权力，如何能在天子脚下开这样的黑店呢？万兴客栈真的是六皇子所开吗？"

白玉堂看看柳燕："还有柳姑娘，如何那样热心帮助我白玉堂呢？莫非她真的想帮助我抓住马汉吗？柳姑娘是江湖女杰，抱打不平的举动，本是理所当然之举。但是，事情若热心得过了头，便也让人生疑了。"

柳燕一怔，她尴尬地笑了。

白玉堂再看卢方、蒋平，他继续问："还有，卢大哥、蒋四哥，如何就一味地躲开是非，过去那种奋不顾身的侠义之气，如何云消雾散了呢？卢方大哥是一个老实人，一向中规中矩，他的所作所为，只不过都是按照上峰的意愿去办罢了。即使他犯下了什么大错，他也只是别人手上的一只木偶。我刚刚说过，秦子林一直在为什么人保守着一个秘密，他又何尝不是，还有蒋四哥，你们不感觉心累得很吗？"

卢方、蒋平也尴尬地低下头去了。

当然还是无人解答。

白玉堂长叹一声："还有……"他看着归景东，"归老英雄本是一个繁忙之人，如何竟在东京城一住就是几个月，如果不是为了什么事情，何故如此？"

归景东哈哈笑了："白玉堂，你这是多疑了，我在京城本是做一桩生意。价钱上总是谈不下来，于是便耽误了行程，这有什么疑问吗？"

白玉堂笑道："果真是谈生意吗？"

归景东道："的确是生意上的事情。"

白玉堂道："大概是人命的生意吧？"

归景东勃然变色："白玉堂，你此言何指？"

白玉堂微微笑了："归老英雄现在也许已经精疲力尽了吧。你现在也许很想回到江湖中去，做你想做的事情，或者说，做一个人人尊敬的武林高手，笑傲江湖，云游四海。可是，这不过是你的幻想。"

众人看着白玉堂。

白玉堂长叹一声："因为现在，归老英雄不能走，或者说，你不可能潇洒地走开，因为，你与人有一个约定，你必须和别人共同保守着一个秘密。"

"秘密？"归景东呆呆地说。

"不错，是一个秘密，是一个让天下人心惊的秘密。"

"什么秘密？"

众人看着白玉堂，不知道他要说些什么。

白玉堂看着归景东苦苦一笑："秘密是什么？事关重大的秘密又是什么？自古以来就是一种无法承受的责任，而且你对保守这一秘密是否正确，也深感忧虑。这不仅仅是一个欺君之罪，而且对天下也事关重大。然而公开这一秘密不仅不是你的性格，而且也是对你的忠诚品格的卑劣的背叛。到底你该怎么办呢？我相信你近来一直在一种深深的痛苦之中。想来，你也知道自己现在是在刀锋上行走。这种日子的确很不好过。"

众人呆住，归景东脸色变得有些难看，他呷了口茶，淡淡道："白玉堂，你刚刚所讲的诸多疑问，怕多是妄猜吧？"

白玉堂摇头笑道："并非是妄猜，因为这些疑点都是我必须要一一解开的。"

坐在厅里的众人，都是惊愕的目光，他们感觉白玉堂刚刚讲得实在阴森可怕极了，如果白玉堂不是一个鬼神，他如何知道这么多呢？他们静静地听白玉堂讲下去。

白玉堂道："我被梁大人一纸飞鸽传书，扯到这案子中来，一开始就错了。梁大人其实也是这案中的黑手，他当然知道飞天蜈蚣和散花仙女是谁，但是他后来后悔了，他也许不承想事情会越搞越乱，几近弄到不可收拾的地步。他要我杀掉秦子林，当然是要我以杀止杀。梁大人或许认为，我杀掉秦子林之后，事情就会停止。但是事情并不是像他想象得那样简单。我白玉堂从来都是一个一追到底的性格。我在乱碰乱撞之后，才渐渐明白了一个事实，我被骗了。"他的目光盯着卢方、蒋平。

卢方、蒋平的头低下去了。他们的目光不敢与白玉堂对接。是啊，当年陷空岛上的心心相印的情义已经与此刻不可同日而语了，他们自然感觉到自己的低下。

白玉堂收回目光，轻轻叹道："也就在这个时候，我知道了四皇子和六皇子先后失踪的消息。所谓的六皇子四皇子先后失踪是什么？其实这一切都是一个谎言。有人曾经告诉我，谎言是一种才能，我对此种说法曾经不屑一顾，而现在却真的相信了。谎言显然是一件极需要想象力和创造力的事情。第一个谎言需要创造力，第二个谎言需要说服力。一个真正的谎言需要许多个谎言来解释。这样一个绵绵不绝的创造力极强的工作，显然不是一个人两个人能够完成的。这需要一个庞大的机构和组织。如果我们现在追问四皇子和六皇子为什么会先后失踪，而朝廷会说四皇子是因为躲避册立之争，六皇子因图谋不轨。我们也许会相信，因为我们不会多想。如果我们多想，我们会不会相信这是试图在掩盖什么？朝廷这样说，为了什么？只是为了让更多的人知道，引起更多的人关注这件事情。这样一个无中生有的事情，本来就是为了让我们相信一件并没有发生过的事情。归老英雄，你说呢？"

归景东的脸色有些苍白，他笑道："白玉堂，这件事情跟我本无什么关系，你不应该把我扯进来的。"

白玉堂笑道："不是我把你扯进来，是这个谎言需要你。或者说，你是这个谎言的合谋。"

归景东笑了，他似乎笑得有些勉强："我是如何合谋的？你倒是说来听听。"

白玉堂道："你应该是这个谎言中的一个引子。你人前人后两副面孔。你身后那个神秘的主人也是如此。你们披露的每一次事件，都是你们要求开封府相信的。你们用了许多合情合理的情节来满足我们对案件的需求。在虚虚实实，或者实实虚虚之间，在欲盖弥彰，或者在欲彰弥盖之间，你们时而用真话掩盖事实，时而用谎言揭穿谎言，真的，我从来没有这样累过。我一度曾经感觉到自己真的过早地老了。"说到这里，白玉堂深深地叹了一口气。

一直坐在旁边没有说话的柳燕突然笑了："白玉堂，你如何不讲出你的证据呢？是你没有凭据啊。你无凭无证，就单单凭着这些猜测恐怕是难以说服大家的。"

白玉堂惨然一笑，看看展昭："展护卫，我们真没有凭据呢？莫非我们就只有猜测吗？因为展大人身在官府，他只能按照官场的思维去考虑问题。所以当展大人向我提供凭据的时候，我得到的只是一些表面或者是假象的情节。而往往假象比空白更加可怕。"

展昭的脸色已经变成了一张白纸。

看到此处，耳菜已经深深替展昭叹息，他现在已经是进退维谷。这些天来，他也承受着巨大的压力，他进入开封府的几年来，第一次深感走投无路左右为难，白玉堂讲得很对，他展昭身在官府，利害在身，很难跳出这些圈套之外去考虑问题。这与他的聪明无关。身陷其中，图以自保尚且不足，更谈何洞察？几无可能。

白玉堂笑道："我们之所以没有凭证，这一切都是由于诸位没有一个人肯与我和展昭合作，大家都在与我和展昭周旋。换句话说，每个人几乎都是我们思考的障碍，因为每一个人为了自保，都不得不向我们出示伪证。如果我们听信任何一个人的话，我们都会走入歧途。但是，我们还是找到了切口。自古以来，从来没有天衣无缝的事情。因为任何一件事情，总会留下痕迹。归老英雄，你说，是这样吗？"

归景东愣怔地看着白玉堂，他无言以对。

白玉堂道："我刚刚提了那么多疑问，从何处走入这个切口呢？大家都在为马汉的事情而忙乱。卢方、蒋平为马汉之事忙乱，梁大人为马汉之事忙乱，王更年大人为马汉之事忙乱。他们都是为了保护马汉，为了保护马汉身上那件东西不落在别人的手里。我们姑且认定马汉身上的那件东西是太祖宝剑。这是第一股势力。归景东先生急于寻找马汉，他也是为了寻找马汉藏匿的太祖宝剑，这是第二股势力。柳燕姑娘也在寻找马汉，而且还不遗余力地寻找。当然，她与归先生一样，也是为了马汉藏匿的东西。这应该是第三股势力。当然，田仿晓和陆大人也在寻找马汉，他们也是为了寻找马汉身上的东西。这应该是第四股势力。"

说到此处，白玉堂长叹一声："想马汉本是一个寻常捕头，他被这四股势力追赶，他怎么能够从容应对？他怎么能够不狼狈躲藏而终无宁日呢？"白玉堂叹道："想那马汉真是一条硬汉，即使身败名裂，也不会自嗟自叹。真正是坚钢不可夺志，可敬可佩啊。"

满堂的人都屏住了呼吸，他们听白玉堂继续说下去。

白玉堂笑道："真是太乱了些，似乎所有的疑问都打上了一个死结。但是万事总有一个缘由，上边所有的死结，都是由皇上册立太子而起。"

众人惊得呆住。

白玉堂顿了一下，他突然笑了："好，我下边给诸位讲一个六皇子的故事吧。"

六皇子的故事

白玉堂道："皇上册废太子已经三次了。皇上或者是为了千秋江山，才这样慎重，他连换了三个太子，最后，他喜欢上了他收下的义子，四皇子。皇上真的喜欢四皇子吗？我始终不会相信。他之所以立四皇子为太子，是因为有人要挟。皇上不得已而如此。"

众人呆住。徐庆脱口问道："五弟，是何人敢要挟皇上？"

白玉堂笑道："大家想一想，四皇子与田家何等地交好，田家在四皇子身上花了太多的钱，作为商人，他们既然已经投下重金，自然要考虑收回成本，而且还要丰厚的利润。如果四皇子真的册立了，将来必定是大宋的皇上。而田家便可以赚到更多的钱。于是，田家逼迫皇上册立四皇子。可能有人会问，朝廷怎么会被一个商人左右？大家也许并不知道，田家这样猖狂，原因有二。一、朝中大臣大多已经被田家收买。即使皇上身边的人，也被田家收买了十之七八。二、田家已经在军队中插手。一些手握重兵的将军也向田家暗送秋波。现在城外，河东将军杨青，带兵十万，兵临东京城下，举师之名是来勤王护驾。实际上呢？他自然是来帮助田家的。皇上此时，已经养虎成患，悔之晚矣。而田家此时已经介入朝政太深，尾大不掉了。"

众人静静地听着。但是他们的脸上已经变了颜色。他们当然知道东京城外的十万兵马如果拥进城来，东京城里当然会血流成河。

田仿晓突然哂笑道："白玉堂，你这样危言耸听，是挑拨我田家与皇家的关系。我田家与四皇子交情颇深不假，但我田仿晓如何能够左右朝中册立之事？朝中之人并非全与我田家交好吧。"

白玉堂点头："你说得不错，你田仿晓最初实施这个计划的时候，还是心存顾忌。因为朝中还有包大人这样的忠臣诤臣，如果朝廷之中全是爱钱的官员，或者全部被田家收买了，那岂不是早就国将不国了吗？因为有了包大人这些不爱钱财的官员，田家才不得不有所忌讳，也许就是在这个时候，四皇子只好暂且失踪了。皇上应该大大松下一口气了。但是，四皇子的事情，已经使得朝中离心离德。而且使皇上更为放心不下的是，六皇子因册立不成，也愤然失踪，而且已经暗中招揽天下英雄，只待蓄势一发抢班夺权了。"

众人静静地听着。但是他们不少人已经沁出一层冷汗。

陆晨明大怒："白玉堂，你不要妄猜皇家之事。六皇子失踪，实属负气而去，与杨青的大军勤王无关。六皇子已经是皇上准备册立的太子。他没有理由做谋逆的事情。"

白玉堂道："阳光下发生的罪恶，一般是容易让人看不出的，俗语讲，备周则意怠，常见则不疑。六皇子当然不会做一些蠢事，让人看透他内心的机关。陆大人或许讲得很对，四皇子已经出走了，六皇子即是当任的未来的皇帝。于是，他理所当然地准备接任了。可是，这时候皇上在众臣的力谏下，还吃不准是否让六皇子接任皇位，因为四皇子是朝中大臣认可的储君。于是，一切都打乱了。六皇子便失踪了，他失踪的目的是为了追杀四皇子。也就是在这个时候，卢方、蒋平、马汉奋不顾身地参加到六皇子的行动中来了，他们自认为是在保卫皇家的血统皇位，不被外姓染指。他们的确是忠勇可嘉。但是，他们并不知道他们陷进了一场阴谋。"说到这里，白玉堂看了看卢方和蒋平。

卢方和蒋平低下头去了。

白玉堂话锋一转："马汉、卢方、蒋平如此协助六皇子，还起源于包大人。一年前，包大人力谏皇上废掉四皇子，册立六皇子。于是，包大人由此开罪了皇上。包大人由此辞职。梁大人由包大人的推荐继任了开封府尹，是因为梁月理大人是很本分的。可是后来梁月理大人竟然不本分了，或者他从来就没有本分过，他早已经是六皇子的附庸。附庸皇亲国戚，本是朝臣平常之事，我在此不论。我相信，梁大人参与了六皇子的许多秘密行动。但是，梁大人毕竟是一介文人，朝纲乾坤伦理他毕竟还是知道的，他后来察觉了六皇子的谋逆行动，他不安起来，他当然知道六皇子这样做是天下大逆，梁大人后悔了，他感觉自己这样附庸六皇子有负朝廷的恩宠。总之，梁大人开始苦恼，他考虑再三，还是让卢方、蒋平放走了马汉，也许在告知卢方、蒋平之前，梁大人便把这场阴谋告诉了或者暗示给了卢方和蒋平。于是，大梦初醒的卢方、蒋平也退出了。他们放走了马汉。于是，梁大人由此获罪。也许就在这个时候，皇上醒悟了，他感觉到了六皇子谋逆江山的企图。皇上便密召了王更年大人。皇上要王大人力保马汉。这就是展昭、徐庆曾经对我说过的。皇上为什么保护马汉，众人为什么要追缉马汉。马汉手里有什么？真的是那把价值连城的太祖宝剑吗？"

众人不语。

白玉堂笑道："还是请展护卫来讲吧。"

展昭长叹一声："皇上根本就没丢失什么太祖宝剑。据我所知，朝中也没有什么太祖留下的传世宝剑。如果有，只有一样东西。"

众人看着展昭。

展昭沉了沉："皇上丢失了传国玉玺。"

堂上一片哗然。

白玉堂笑道："的确如此。从来就没有什么传世宝剑一说。皇上知道此事传出，很可能会引起天下大乱。试想，一个连传国玉玺都丢了的皇上，还能够坐稳天下吗？我们可以推测，飞天蜈蚣和散花仙女盗窃了传国玉玺之后，他们竟然不慎将玉玺交给了他们的同伙马汉。而马汉却认识这玉玺并非一般之物。他开始怀疑。于是他没有把玉玺交给六皇子，也没有交给梁大人，他把玉玺藏匿了。由此，马汉正式退出了这场阴谋。于是，他便引来一场接一场的追杀。但是马汉知道，在找到玉玺之前，谁也不会杀他。如果我猜得不错，归景东是六皇子派来寻找传国玉玺的。柳燕姑娘是皇上派来的钦差。追查马汉，其意也在传国玉玺。"

柳燕一怔："你如何知道？"

白玉堂笑道："我过去的朋友柳青曾经是大内禁军教头，他的妹妹难道为皇上服务能不尽心尽责吗？何况这件事皇上不想惊动他人，柳青是他的心腹，他自然要把此事交与柳青办理。那天那个黑衣人，便是柳青所扮。我与他已经多年不见，但是他的身形步伐，我还是看得出来的。"

柳燕张张嘴，再也说不出话了。

白玉堂道："我且不说柳姑娘的事情，因为柳姑娘的确是为国家利益来行事，也就无可指责了。现在我说陆大人的可疑之处。那天皇上宣布马汉发配之后，陆大人如何一反常态，他改变了押解犯人的规章。他要求差人用囚车将马汉发配到沧州，而且要求我和展护卫留在京城继续查找子虚乌有的太祖宝剑。这是为什么？只有两个理由，一、马汉困在囚车里，自然是活动不自由了，如果遇到杀手，他只能坐在囚车中待毙。二、我和展昭、卢汉等这些有些手段的，不能去押送，陆大人派往的十个押送马汉的解差，只是形同虚设。此事引起了我和展昭的怀疑，后来发生的情况证明，我们的担心不是没有道理。那天刺客秦莲的确是为了刺杀马汉而去的。只是他们没有想到我和展护卫扮作了解差一路相随。他们没有得手。而后又是杨剑青和霍龙第二次去刺杀，他们也没有想到他们杀错了人。"

众人呆呆地看着白玉堂。

白玉堂皱眉道："我当时非常奇怪，如果传国玉玺还在马汉手里，那么他们为何要刺杀马汉，刺杀了马汉，传国玉玺岂不是找不到了吗？后来我明白了，即是马汉轻信了陆大人，他在临去沧州之前，把传国玉玺交给了陆大人，或者他把藏匿玉玺的地方告诉了陆大人。于是，得到了玉玺，或者知道了玉玺藏匿之处的陆大人，当然起了杀机。他要杀人灭口了。"

陆晨明突然愤怒了："白玉堂，你休得胡言乱语。"

白玉堂毫无表情地看着陆晨明："陆大人，我并非胡言乱语，我当然记得那天我和展护卫、卢方大哥几个去看望马汉，我们退出时，马汉高声喊牢头，他说有要事找你，自然是要告诉你这件事情了。那传国玉玺的确落在了你的手里。"

归景东却无力地摆摆手："陆大人，你还是让白玉堂讲下去吧。"

堂上众人已经是大惊失色。白玉堂竟能说破这样一个大阴谋。

陆晨明冷笑道："白玉堂，刺杀马汉是杨剑青和霍龙所为，如何与我有关呢？我现在还是开封知府，你如何敢在这里污我？"

白玉堂摇头："我并非污你，事实确是如此。其实秦莲和季明扬的背后，杨剑青、霍龙的背后，包括归景东的背后，都是你在指使。他们先是一步步追杀四皇子，而后，你派飞天蜈蚣和散花仙女，即秦莲和季明扬在宫中盗窃传国玉玺，你是一步步威逼皇上妥协。于是，才有了皇上不得不改变初衷。陆大人，你由此才能重新改判马汉有罪。不是吗？你还是看错了马汉，他交给你的玉玺，当然是假的了。"白玉堂目光如炬地看着陆晨明。

陆晨明大惊失色。他呆呆地看着白玉堂，失口问道："如何会是假的？"

白玉堂笑道："陆大人，你的确算计得很好，你自以为得计，但是你毕竟看错了马汉，也看错了卢方、蒋平，他们都是在包大人手下行走多年训练有素的捕头。马汉拿到了传国玉玺之后，他当然知道一个捕头的职责是什么，他也许凭着多年的经验，已经感觉到一个阴谋正在一步步逼近。他对任何人已经不敢再相信。那天在得月楼，并非是马汉下毒，而是马汉不敢饮酒，他只是怕上了别人的圈套。也就是说，下毒人不是马汉，而马汉凭着多年的机警，没有中毒。"

堂上一片惊讶。

白玉堂道："在此，我要感谢我的两位哥哥，他们毕竟也是正人君子，他们没有在这场罪恶里陷得太深。卢方、蒋平在得知梁大人让他们去缉拿马汉时，他们却放走了马汉。他们负伤了，但是他们做得太笨拙了一些，他们当然哄不住聪明的梁大人，更哄不过大智若愚的陆大人。于是，他们被绑架了，为什么，因为他们已经被人怀疑藏有传国玉玺。而他们当然也知道传国玉玺在什么地方，但是他们装作浑然不知的样子。他们毕竟曾经是江湖中人，他们懂得知道秘密太多，危险则越大的道理。他们侥幸还活着，是因为这一点聪明救了他们。"

卢方、蒋平已经满脸是泪。蒋平大叫一声："五弟，你终于了解了我们。我们……"他的声音哽住，再也说不出一句。卢方则一句话也不说，直任泪水打湿了两腮。

酒楼里一时静得可怕，陆晨明脸色苍白，他突然猛拍桌案："白玉堂，你不可再讲下去了。你现在讲的，不仅是牵强附会，而且离题万里了。"众人去看陆晨明，只见陆晨明的脸色已经白如纸了。

白玉堂苦苦一笑："陆大人，我如此讲法，你尚且不敢听下去，如果我把更真实的隐情讲出，你又该如何作态呢？"他看看展昭。

展昭起身向陆晨明拱手："陆大人，事情既已如此，还是让白玉堂讲下去吧。无论白玉堂猜测得是否合情合理，但是终要拨云见日，事情总要弄个清楚的。不论事情如何残酷，作为开封知府，是应该知道其中隐情的。大人若不让白玉堂揭开真相，大人便有了上中下三错。"

陆晨明皱眉："怎样的上中下三错？"

展昭道："陆大人作为大宋朝的重臣，理应为江山社稷着想，如果只为自保，在是非面前装聋作哑，便是至公不公，无私也有私了，此谓错在上；大人若只唯上，而不唯事实，眼不见为净，实为掩耳盗铃，君子欺之以方，当是渎职，此谓错在中；开封府众捕快，不惧生死，多有牺牲，以展昭、徐庆、王朝、张龙、赵虎之流，首当其冲，并无怨言，以白玉堂者，本是江湖中人，身陷其中，不图私利，为揭开罪恶，多遭不测，大人不管不顾，视而不见，为官者可心安？此谓错在下。展昭急不择言，陆大人三思。"

展昭一席话，说得陆晨明无言以对。他长叹一声："展护卫话讲到了如此地步，陆某不敢再存一己私念。诸位，让白玉堂讲下去吧。"

白玉堂叹道："展护卫话讲到如此地步，玉堂不敢再有隐瞒。"

满堂之人，都屏住了呼吸，他们不明白事情的背后竟然是这般复杂。

归景东有些坐不住了。他干咳了两声："白玉堂，你这样说，很精彩。但是，你的证据呢？如果没有证据，刚刚你说的这一切，只是一个引人入胜的故事。"

"当然会有证据……"白玉堂突然喘息起来，这几日来，他一直没有休息好，他感觉身体很疲惫，但还是坚持要把这个故事讲完。

白玉堂继续说下去："展昭曾对我讲，陆大人上任第一天，皇上曾经召见了陆大人和展护卫，为马汉之事，皇上也召见了王更年大人。皇上给了展护卫一道密旨。为什么？皇上此时已经对陆大人王大人有些怀疑。这道密旨其实是一纸空文。只是为了让皇上身旁的刘公公给陆大人王大人捎信，以引起他们的猜忌和慌乱。真是英明的皇上啊。"

众人愣愣地听着。

白玉堂道："我凭借马汉交给我的一块玉佩，进入了王更年大人的府第，这消息立刻被陆大人得知，于是，那天晚上，王更年大人府中起火，这火自然是有人去放的。王更年大人自然也要在这火中死去。"说到这里，白玉堂突然停住，他看着陆晨明。

归景东不禁为之动容："白玉堂，你这样说话，是要负责任的。"

陆晨明冷笑："白玉堂，本官不怕你信口雌黄。"

众人一片沉默。他们中有人已经听出陆晨明说话时，明显有些虚张声势。

白玉堂笑了，他笑得很是意味深长："陆大人，那天我去找王更年大人，的确是被你知道了。为什么？是因为有人报信。"

陆晨明哼了一声："你说谁是报信人。"

白玉堂笑道："陆大人身旁有一个非常干练的李之培师爷，据我所知，李之培原来是王更年大人府上的幕僚，他投奔到你这里之前，实际上有所图谋。他经常来往于王更年大人和你陆大人之间。他之所以知道我去找王更年大人，并不是一件难事。所以说，因为我去了王更年大人的府上，便给王更年的府第招来一场大火。那是一座多么豪华的府第啊，不知使用了多少银两才建造而成，竟是一把火化为灰烬，让人可惜。"

众人呆住。

白玉堂苦苦一笑："其实我还是上当了。我被人骗了。"

展昭看着白玉堂，不觉大疑："如何你被人骗了？"

白玉堂道："我那天夜里在王更年大人府上见到了四皇子，王大人只是为了让我相信他说的话。我当时误在其中，却浑然不察。"

展昭此时也愣住了："玉堂弟，你此话是何意。"

白玉堂道："没有什么意思，只是我觉得那个四皇子让我见得太容易了。容易的事往往并不是什么好事情。"

陆晨明摇头道："我不懂。"

白玉堂笑道："你应该懂。这一切都是陆大人安排的，陆大人安排的这出戏，只是为了让我白玉堂看的，让我看到四皇子气息奄奄。而后，王更年大人病故，再一把大火烧得干干净净。这一切便是没有了证据。"

陆晨明冷笑："你说王更年府中的大火是我放的？"

白玉堂摇头道："自然应该是你放的，但却不是你放的，而是王更年大人自己放的。"

众人愣住了。

白玉堂叹道："王更年大人放这把火，只是为了烧死四皇子。他为什么要烧死四皇子？不过是为了让我白玉堂知道，四皇子真的是死了。似他那样一个病入膏肓之体，断然是逃不出这场大火的。再有，王更年一死，他府中的一些秘密，自然也会在火中化为灰烬，你尽可以放心了。而且，近来发生的一切问题，都可以推到王更年身上。结果在外人看来，王更年大人实是可怜，至死只是糊里糊涂，更可怜见他一家大小百余口人，也所剩无几儿。"

众人看着白玉堂。

白玉堂突然笑了："可是，谁能想到，王更年大人并没有烧死。"

什么？王更年大人没有死？众人看着白玉堂。

白玉堂的目光盯住了田仿晓。

白玉堂问道："田先生，你近来在东京城里生意做得如何？"

田仿晓摇头道："你此话何意？"

白玉堂笑道："你的确是一个很好的生意人。但我不知道你如何竟然不知道药材的行情，还记得我们上次见面时，你竟然说错了黄芪的价格吗？那是黄连的价格。黄芪现在连年丰收，价钱与黄连相比，十不当一。陷空岛上的黄芪每年可产数千斤，田先生可否全部吃进？那样，卢方大哥岂不是要发了大财。只此一次，我便怀疑你并不是田仿晓。"

田仿晓脸红了，他摆摆手："这等小事，自有药材行里的掌柜去管，我从来是不过问的。不知道白玉堂问此事何意？"

卢方不禁长叹一声："玉堂弟，世间还有比你更细心的人吗？我简直不敢相信了。"

白玉堂摇摇头："我并非细心，此事真正是一个偶然。因为陷空岛上种植了许多黄芪，此种药材的价格，我自然知道，但是不承想田仿晓先生对此竟然毫无所知，岂不是怪事。如此经商，岂不是要赔掉家底吗？所以我看田先生并不像是一个生意人。所以说，我认为田仿晓先生并不是田仿晓，只是一个管家而已。"

众人呆住了。

田仿晓突然笑了："这岂不是笑话？我不是田仿晓，我是哪一个？白玉堂，你过于多疑了吧？"

白玉堂笑了："你讲得很对，我自然是十分多疑，在这样一个复杂的案子里，白玉堂哪里敢稍有松懈。一念之差，便会歧路亡羊。要知道，此事关系着诸多人的身家性命啊。但是，你的确不是田仿晓。"说到这里，白玉堂的目光看着陆晨明："陆大人，现在你已经听完了我的议论，只是我想，你的身份如何，众人是否知道？"

众人愣住，他们不知道白玉堂还会说出些什么骇人的事情。

白玉堂道："你了解田仿晓吗？"

陆晨明淡淡道："他是举国皆知的大商，谁人不知？"

白玉堂点头："这个自然人人知道。只是，我想朝中上下，除却这个假田仿晓，没有人见过真田仿晓。即使见过，众人也是认不出的。我相信，朝中的人大都见过他。但是，众人却又都没有见过他。"

这真是一句没头没脑的话。众人不知所云地看着白玉堂。

白玉堂笑了："我的意思是说，满朝文武，只是一个人见过真正的田仿晓。"

卢方禁不住问："谁？"

白玉堂道："陆大人。"

众人呆住了。

陆晨明一怔，旋即笑了："白玉堂，莫要乱讲。我怎的见过你所说的那个田仿晓。"

白玉堂道："我从不乱讲，因为只有你陆大人才见过田仿晓。"

"为什么这样说？"

众人都呆呆地看着白玉堂，是啊，白玉堂如何说只有陆大人见过田仿晓呢？

白玉堂长叹一声："诸位，我们大概知道这样一个常理，我们窗外这条河，每逢开春之时，我们看到的事实只是浮出水面的冰凌，而隐藏在水面下面的真相，则是排山倒海，直击我们的视听。"说到这里，白玉堂看着陆晨明："因为，你才是真正的田仿晓。"

堂上一片大乱。

陆晨明大怒："白玉堂，你休得胡说。你……"

白玉堂摆摆手："你不要急，想想看，田仿晓家财，富可敌国，但有谁去过田仿晓的府上。道是大富无踪，可总不能连一个府第也没有吧？而满朝文武所知道的田仿晓，都是通过你陆大人。满朝文武大臣都知道你与田仿晓是多年的好友，而且田家的银子大多通过你的手行贿于朝中大臣。还有，你与东京城里的各家商业都有来往。作为一个朝廷的翰林，后又为一个开封知府，如何竟然与商业中人打得火热。再有，田家各路生意的掌柜为何总是在你府中出没？所以我猜定，陆大人府上，便是田仿晓的府上。"说到此处，白玉堂四下环顾，长叹一声："世上原没有什么子虚乌有的田仿晓，只有陆晨明。田仿晓，即是陆晨明。陆即是六，五更即尽，六更自然是天明了。田仿晓念白，自然是天方晓。天方晓，自然是陆晨明了。如此字谜谐音，其实是苦心设计。"

众人呆住。他们喃喃地自语：天方晓？陆晨明？

陆晨明怒道："我与田家交往多年，自然有些交情。这并不是什么怪事。"

白玉堂笑道："我查过你的历史，你本没有功名。你本是南阳一个普通的秀才，颇有些家私，你做官是为了挣钱，但是你屡试不第，你是在二十五年前花钱捐了一个举人。后来，你通过贿赂朝中大臣，渐渐地爬了上来，但是你始终没有露过你的真相。你十年前进京，于是田家的买卖也由南阳搬到了东京。朝中官员也都是通过你的手，接到田家的钱财的。你的买卖便是越开越大，于是众大臣在皇上面前也保举你。于是，你做了朝廷的翰林。朝中许多人都知道你与田仿晓的关系很好，却并没有一个人知道，其实你就是田仿晓。"

归景东怔怔地看着白玉堂，他失口道："白义士，这可是真的？"

陆晨明的汗流了下来。

有人疑道："那堂上这个田仿晓又会是谁呢？"

白玉堂去看陆晨明身旁的那个衣着朴素的田仿晓。田仿晓已经汗如雨下了。他呆呆地看着白玉堂，一个字也说不出了。

白玉堂微笑着看展昭。

展昭起身看着田仿晓，他一字一句地说："他是王更年。"

众人大惊。

王朝、张龙向"王更年"走了过来。

"王更年"刚刚转身，卢方、蒋平已经站在了他的身后。他长叹一声，重新坐在了椅子上。

白玉堂怒道："王更年大人，你也是大宋朝中赫赫有名的重臣，如此藏头露尾，岂不要给后人留下笑柄。"

"王更年"看看白玉堂，长叹一声："命当如此。我只是不知，你是如何看破了我的身份。"他摘了假面，众人一片哗然，他果然是王更年。

白玉堂笑道："当年，你与陆晨明都是南阳的秀才，只不过你一举中第，而陆晨明却屡试不第。你进入朝廷，一步步爬上了高位。而后，陆晨明借你之力，也捐了一个缺，你二人在朝中沆瀣图谋，让皇上认下了四皇子这个义子。那晚我与展昭潜入你的府上去缉拿马汉，我便是起了疑心，你从来都以清正廉洁扬名，但是你的府中豪华奢侈，你何来这多钱财。我后来到吏部查到了你与陆晨明的出身，才悟出其中的道理。再有，无论你怎样以假面见人，但是你的行为习惯是改不了的。其实连马汉也看出你有可疑之处。那天晚上，马汉让我去看望你，只是他心中有了疑点，暗示我去观察你。而此时你却是错中出错，你自以为我已经怀疑了你。于是，你先是演出了一场病卧在床，并隔了一层纱罩，我只能远远观看你。因为尽管你已经着了假面，但你还是怕我认出你与'田仿晓'的相像之处。如此你还是放心不下，便再演出病重身亡，然后你纵火焚府灭迹。但是，你做得却过了，不由得我不起疑心。"

王更年低下头去了。

白玉堂笑道："其实还有一个人，他也应该现身了。"他的目光看着陆晨明身后的李之培。李之培的目光躲闪着。

白玉堂怒喝一声："牟双峰，你还不现身吗？你易容之术再高明，也是藏身不住的。"

众人呆住，他们根本没有想到李之培会是失踪已久的牟双峰。

白玉堂叹道:"当年包大人刚刚辞职,牟双峰便被放了出来,他暗中替六皇子做事。他与陆晨明、王更年本来就是同乡,更是同党、同谋。"

李之培汗如雨下。

此时,突然听到一声大笑。人们被这笑声惊呆了,他们十分熟悉这笑声。他们抬头看去,笑声竟是出自那个柜台之中,那个算账的胖伙计。他身边的一个瘦伙计,也无声地笑了。那个胖伙计在笑声中摘下了假发,那个瘦伙计也摘下了假发。人们惊呼一声:"包大人……"

当然是包拯。他身边的瘦伙计也自然是公孙策了。

他们是如何来到这里的?

陆晨明已经呆若木鸡。他身旁的王更年也怔怔地看着包拯和公孙策。他突然恼怒地看着酒店老板。酒店老板无奈地对王更年道:"田先生,实在是他们强迫……"

王更年无力地坐下了。但是,他更惊讶的还在后边。包拯连击三掌,门外走进来了一个人,众人都惊得呆住了。展昭和白玉堂微笑着看此人。

此人正是马汉。

马汉如何这样快就回来了。

马汉对白玉堂一笑:"你们刚刚回去,公孙先生就带着皇上的金令牌到了沧州。我们是骑快马赶了回来。"

包拯走到陆晨明的桌前,他冷笑一声:"陆晨明,你还有何话可说?"

陆晨明哼了一声:"包拯,你现在已经是罢官之人,你出现在此处，是何用意？你不怕皇上知道……"

包拯大笑起来："皇上当然知道。我辞官本是皇上的布局，我若不辞官，你与王更年又怎么能够现身呢？放走牟双峰也自然是皇上的安排。"他回身对白玉堂笑道："白玉堂，你果然还是绝顶聪明，你侦破此案实属不易。几年来，我只是想到了陆晨明的可疑，却想不到他才是真正的田仿晓。公孙策其实与白玉堂想到了一处，他们都去过了南阳，你们可以从南阳搬走，但是你们还是留下了踪迹。当年南阳的富商纷纷被人杀死，你们借口害怕凶杀搬走。其实，你们就是凶手，你们靠了这些不义之财，飞快地发家了。白玉堂真是聪明，他竟能到你们的老家去侦查你们的原来。"

白玉堂微笑不语。

包拯看着陆晨明，长叹一声："我现在称呼你什么才好呢？陆大人，或者是田仿晓？你何必这样做呢？有钱本不是一件坏事，万贯家财可以使你的生活光明灿烂起来。你本可以幸福地走完你的一生的。在商言商，在官言官，这两者之间本来就有一条鸿沟，你如何偏偏要逾越。"

陆晨明缓缓地抬起头来，他现在的脸色已恢复如常，他看定包拯："包大人，我只是相信一句话，将相本无种，这大宋江山，不也是从柴周的手里抢来的吗？此是闲话，我不必提，但是现在谁输谁赢，还没有最后的定论。东京城外已经驻了十万大军前来保卫六皇子，你们能阻挡住他们吗？"他的声音有些激愤起来。

包拯笑道："十万大军，皇上自有退兵之策。现在此案应该告破了。王朝、马汉、张龙、赵虎，你们还不将人犯陆晨明、王更年、牟双峰、归景东拿下？"

王朝、马汉、张龙、赵虎走过来，锁了陆晨明和王更年、牟双峰，当要锁归景东时，突然被白玉堂拦下了。

包拯笑道："白玉堂，你想怎么样？"

白玉堂突然道："包大人，这归景东还应该与我去办最后一件事。"

包拯问："什么事情？"

白玉堂对归景东笑道："我还应该去找一个人。而且你归景东必须去。"

公孙策点头："你们是去找六皇子。他现在何处？"

归景东叹道："我知道，我们应该去找六皇子了。他应该在城南的清风观。"

白玉堂大笑："你说得一点不错。归老英雄，你应该跟我去一趟的。你是六皇子的师父，自然你要去了。包大人，这应该是最后一个应该归案之人了。"

公孙策点头："不错，他的确应该归案了。如果我猜得不错，明天将是六皇子起事之日。白义士，拜托了。"

包拯点头。

白玉堂站起身，大步向外走去。

归景东跟着站起，随白玉堂走了出来。

白玉堂走到门口，转身对跟出来的展昭、王朝等人拱手道："此事只是我与归景东之间的私事，还望几位回避一下。"

话说到这里，明显是不想让众人随去的意思。

众人止步。

归景东大步去了。众人目送他走出得意酒楼，街上传来几声犬吠声。时间好快，天色已近黄昏。

秋风阵阵，卷起一地的黄叶乱飞乱舞。人们的心情也是极乱了。因为谁也想不到事情背后，还会这样复杂。

> 看到此处，耳菜冷汗淋淋，心绪更是大乱。由陆晨明丧心病狂主使的这场阴谋，真似一个黑洞。当年的白玉堂自不会想到黑洞这个词语。宇宙恒星的热核反应到尽头，形成中子星，塌陷后，极度收缩成密度极高的新星体坍缩星。科学家把它通俗地称之为黑洞。黑洞有着难以想象的巨大引力，任何靠近它的物体，甚至连光，都要被它彻底吞噬得不留一点痕迹。人类永远无法直接看到黑洞，只有靠发现原本在宇宙中直线运动的光波，在途经黑洞外围时受其引力影响而发生弯曲，来证实它的存在。其时的白玉堂也是如此，他一时看不到这场阴谋的中心，他只能凭借他所能看到的一点又一点的线索而追踪事件的最后真相。谈歌写到此处，已经感觉到白玉堂筋疲力尽。

但是，麻烦还没有结束。

皇子之谜

现在是一个晴朗的黄昏，即将西沉的太阳已经不似中午时那样强烈，阳光柔软得像是一块飘在空中的丝绸。清风观四周，十分落寞。秋收已经过去了，冷清的田野里散落着一些枯黄的干草和落叶。地面上一层薄薄的寒雾，若有若无地铺陈开去，无力的夕阳已经不能让它们退去。

清风观的大门洞开着。它似乎知道今天应该有重要的客人要来。观门前的空场被打扫得干干净净。十几个侍从站立在大殿之上，一个略带沙哑的声音传出来："是谁要见我？"

一个侍从答道："回六皇子，是归景东老英雄，还有白玉堂。"

六皇子笑了："让他们进来。"

侍从大声喊道："请归老英雄和白玉堂进来说话。"

随着喊声，归景东和白玉堂走进了观中。

白玉堂不明白六皇子为什么会住在这样一个地方。

古旧的庭院，虽然宽阔而敞亮，但还是充满阴森之感，让人感觉有一种鬼气不时袭来。白玉堂觉得心中已经发冷。他随归景东一步步走进了大殿。

桌椅是旧的，油漆的颜色已经脱落，有风吹进来，屋梁上有尘土落下来。白玉堂稍稍皱眉，他是一个干净的人，不喜欢这种生活环境。

六皇子还没有露面。

太阳已经西沉，屋中的光线更加昏暗。让人心中很不舒服。

那个沙哑的声音突然响起："对不住二位，让你们久等了。"

随着这声音响起，白玉堂发现对面的墙开了。这是一个机关，对面墙两边错开，一个很新的堂室闪现出来。堂室里金碧辉煌，一个青年人穿一身崭新的上等黄色绸缎袍服坐在一个似乎是烫金的椅子上，正在朝他们微笑着。

白玉堂也笑了，这才对，这才像是六皇子住的地方。

归景东上前一步，拱手道："主人，白玉堂来了。"

六皇子笑道："白玉堂，我猜想你会来的。"

白玉堂点点头："我想您应该知道我会来的。"

六皇子哦了一声，笑道："你果然是一个聪明人。"

白玉堂道："我不太聪明，但是我至少知道我应该来一趟。"

六皇子疑道："为什么？"

白玉堂道："我要亲自告诉您，马汉已经充军，梁大人已经充军。季明扬和秦莲已经被我杀死了。"

六皇子道："你说对了一半，其实季明扬和秦莲并没有死，你放走了他们。马汉也没有死。"

白玉堂无言。他当然知道，这些事情是瞒不住六皇子的。

六皇子对归景东说："这一趟辛苦你了，我从不劝人喝酒，今天我请你饮一杯。"说罢，对左右的随从道："拿酒来。"

酒端上来了。酒是热的。显然，是六皇子早已经准备好的。

酒香四溢。归景东笑道："果然好酒。殿下，我敬您一杯。"

六皇子摇头道："我不喝。"他笑了，笑得有些勉强，"你可以请白玉堂喝。"

"白玉堂也不喝。"白玉堂笑道，"因为你只请他一个人喝，没有请我喝。"

六皇子笑了，笑得有些阴冷："那我现在请你喝。"

"晚了，如果刚刚您请我喝，我会喝的，现在却是晚了。"

六皇子道："哦？是吗？"六皇子突然出拳，拳带着风声，向归景东打来。归景东只跳开了一步，白玉堂却连退了三步，因为，向他打来的不是拳头。

向白玉堂打来的是暗器。一片蓝星，带着冷风。

叮！叮！两只暗器已经击在桌案上了。深深地吃进了石案。

归景东飞脚踢翻了酒壶，那酒壶向六皇子飞去，壶中的酒像是火星般溅向六皇子。六皇子尖厉地惨叫一声，扑倒在地上了。

酒里当然有毒。而且是江湖中人闻之色变的三步夺命散。

六皇子交代给归景东的任务，归景东已经不辱使命，六皇子为什么要杀他？

归景东一脸惊讶之色，看着在地上翻滚的六皇子。白玉堂看着归景东，他看出归景东平和的脸上，却显现出一种莫名的惆怅，目光中闪现着说不出的疲倦。刚刚的事情，一瞬间就过去了，似乎这一瞬间用尽了归景东一生的力气。生与死，就是一步之遥。

白玉堂很明白，刚刚一战是一场恶毒凶狠之战，如果倒下的不是归景东或者是白玉堂，倒下的就只有这个六皇子了。

风呆呆地吹进屋子，六皇子的血已经干了。归景东似乎感觉那是自己的血在流淌，那血在风中渐渐干涸了。

白玉堂也静下来，笑道："难道殿下还不现身？"

归景东问一声："难道他不是六皇子？"

白玉堂笑道："他当然不是六皇子。"

归景东看看那十几个侍从，一动不动，似乎对死者并不在意。如果真是六皇子，这几个人怎么会是这种表情呢。归景东点点头，他承认白玉堂讲得很对。

殿内响起了一阵脚步声。缓慢而又稳健的脚步声，似乎带着某种神秘的韵律。

谁？

白玉堂静静地听着。归景东也静静地听着。他们心中同时有一种异样的感觉，这脚步声的韵律似乎和刚刚门外的钟声相似，这脚步声充满了杀机。

脚步声渐渐近了。随着脚步声渐近，传来一阵微微的笑声。这微笑声十分飘逸，十分轻松，似乎是刚刚完成一件大事情之后，那种爽心的笑声。

一声笑，像吹过一阵风。一个身着青衫的青年男子从堂后闪身出来，已经坐在大殿上。他身上那种皇家大气，溢在神色之中。

他笑道："你们为何知道刚刚的不是我呢？"

白玉堂笑道："他身上没有皇家气派。这是装不出来的。"

归景东怒道："殿下，你如何要我死？"

青衫人笑道："因为你应该死了。你不知道有飞鸟尽良弓藏，狡兔死走狗烹这句古话吗？"

归景东无言以对，他的确知道这句古训。他实在不应该忘记这句古训。

青衫人看看白玉堂："你为什么没有死呢？"

白玉堂笑道："因为我没有做你的弓，没有做你的猎狗，所以我不必死。"

青衫人摇头道："白玉堂，我敬佩你是一个聪明人，我只是不解，你是如何想到我这里的？"

白玉堂道："你说错了，我并不是聪明，而是用心罢了。似乎一开始我就有些感觉，此案的真凶不是归景东，归景东身后还应该有人。当然，归景东身后的人不是一般的人。像归景东这样一个江湖大侠，如何刚刚横空出世，就会卷身到这样一场纯粹的官场是非中来的呢？官场之中的事情，他并不熟悉的。他一定是受了什么引诱，所以说，归景东身后这个人物不是一般的人，也必定是官场中人。"

青衫人笑道："那就应该是陆晨明。"

白玉堂摇头："如果说这件案子是一个精心布的局，那么，陆晨明是一枚棋子，归景东也只是一枚棋子。仅仅陆晨明或者是车，归景东只是一个卒罢了。无论是车是卒，终归都只是一枚棋子。丢卒保车是常识，但是丢车保帅，却是最后的选择了。"

青衫人摇头："这理由好像还很不够。四皇子已经失踪了，或者说他已经死了。我这个六皇子还不至于那样去做。我可以稳稳地接位了。我或许不应该是这件事情的主使。"

白玉堂说："很对，你完全可以稳稳地接位，但是你不能接位，你的皇兄皇弟们都在盯着你，皇上也在盯着你。你不得不对皇上进行威胁。你当然不必大开杀戒，你可以直接跟皇上谈条件即可以了。我想到了你的残暴。你真是做错了啊。"

青衫人笑道："皇上呢？他就不残暴了吗？"

白玉堂摇头："他并不残暴，他所做的一切，都是你的意思。这些世人是不知道的。"

青衫人笑道："你这话是什么意思？"

白玉堂道："你利用了梁大人，你让梁大人的手下卢方、蒋平、马汉，去替你追杀四皇子。你要挟秦子林，命令秦子林指使季明扬、秦莲冒名飞天蜈蚣、散花仙女去搅闹皇宫，即是让皇上知道，你是可以随意进入戒备森严的皇宫中的。你让散花仙女盗走玉玺，即是向皇上说明，他的江山你也是随手可取的。这些，皇上当然知道了。于是皇上只好向你让步，按说，他可以调动天下的武林好汉追剿你，但是，虎毒不食子，这句老话不幸应在了皇上身上。他下不了狠心杀你，只好向你让步。"

青衫人问："你说得不错，飞天蜈蚣和散花仙女是我派出去的。他们也的确是秦子林的女儿和女婿，但是你是如何看出马汉、卢方、蒋平的。我从来没有指挥过他们。"

白玉堂道："但是梁月理指挥了他们。一开始马汉与卢方、蒋平就领了梁大人的密令，而梁大人却又领了你所传的皇上的密令，所谓的要他们缉拿四皇子归案，这当然是假的了。但是他们后来觉悟了，他们并不是秦子林的对手，那个秦子林，实际上就是你手下的第一杀手。于是，卢方、马汉、蒋平并不能得手，而这时，皇上准备向你妥协，你就提出了条件。要求皇上处置马汉他们，为什么要处置他们，因为他们知道你的底细。皇上只能依照你的意思去办这件事，而卢方、蒋平却是机警之人，他们故意负伤，躲避起来，而马汉却是愚笨，他揣着玉玺，却不懂得自保，于是，他被王更年监护起来了，王更年本意是要慢慢套出玉玺下落，但是你仍旧性急，派秦子林挟走了马汉，但是秦子林并没有处死马汉，只是让马汉藏匿起来。他只好被押在了开封府。"

青衫人笑道："我只是不解，你是如何猜破这些的。我并没有见过你的。"

白玉堂笑了："我不想六皇子如此健忘，我们其实见过不只一次，加上这一次，一共是三次了。第一次，你是以杨光的身份出现。第二次，你是以四皇子身份在王更年府上出现。现在我们又见面了，而你现在的身份是六皇子。"

青衫人笑问："你如何看出？"

"目光，一个人的目光是无论如何也掩饰不了的。我也以同样的道理看破了王更年与田仿晓的同一出处。"

青衫人击掌大笑。

白玉堂问："我猜测得对吗？"

青衫人点头道："很对。我就是真正的六皇子。"

白玉堂沉吟不语。

六皇子对归景东道："现在你似乎还有什么话讲？"

"自然有话要说。"

"讲。"

"你为何要杀我？难道你忘记了，我与四皇子还有一段隐情，我不顾忌这段隐情，而帮你成就大业，你……"归景东有些说不下去。

青衫人冷声道："我没有忘记，但是我知道你现在已经在心里背叛我了。"

归景东愤怒地说："说话要有证据。"

"我做事从不需要证据。"

"这不是理由。"

"你要什么理由？"

"你是要杀掉一切知情的人。"

青衫人无言。

白玉堂说："说得对。归景东在江湖上口碑一直很好，他不必为什么皇子争太子的案子而现身，所以案子后边应该还有隐情。归景东不说，我也猜得出。但凭归景东一个人，又怎么能让梁大人、马汉、陆晨明、王更年等一干人去像狗一般厮杀不已呢？梁大人曾对我讲过一句话，此事事关大家。梁大人讲得很含蓄，他已经告诉我，这不是一个一般的案子。那时候，我明白了，马汉之所以亡命江湖，是因为他必须亡命，是有人让他去亡命。所有这些人都在为你做一件事情。因为你是皇上都无可奈何的六皇子。但是，他们恰恰忘记了，在没有亲眼看到你的时候，没有亲耳听你下命令的时候，盲从是多么危险的一件事情啊。"

青衫人没有说话，他似乎是在很认真地听白玉堂讲下去。

白玉堂开始感慨："以你的机智，本来你可以平安无事的，可是你的野心太大了，你的手段也太狠了些。你本不该让归景东背这个黑锅。或者说，你到马汉被抓住之后，便可罢手，这一切或者会是另外一个样子。你必须要杀马汉，但是必须在拿到传国玉玺之后。而马汉没有交出传国玉玺，他才得以存活下来。你们拼命追踪不知藏匿于何处的传国玉玺，所以事情开始复杂了。这时，你的尾巴就开始露出了。"

白玉堂盯着青衫人。

青衫人不再说话，他的目光开始发冷。

白玉堂笑道："最后你让归景东去杀马汉，让归景东在我面前暴露，你为什么这样做，你很想让我和展昭杀死归景东，但是你忘记了一条。归景东的确不会被我杀死的。"

青衫人疑道："为什么？"

白玉堂看看归景东，突然笑了："因为他是我的好朋友。"

青衫人和归景东都愣住了。

归景东愣道："我是你的朋友？"

白玉堂笑道："不错。"

青衫人笑道："你们本是你死我活的对手，如何变成了朋友？"

白玉堂道："对，因为，他是我结识多年的朋友。"

归景东笑道："白玉堂，你如何说这番话，我们刚刚结识不久，怎么会是多年的朋友呢？"

白玉堂道："一点不错，你是我多年的老朋友。"

归景东大笑："白玉堂，你在说什么呢？"

白玉堂不笑："你是秦子林。"

只此一句，青衫人和归景东都愣住了。

归景东怔怔地看着白玉堂，稍后，他长叹一声。

青衫人也叹了一口气："真是一个聪明绝顶的白玉堂。我不知道你是如何看破这一点的。"

白玉堂道："易容术可以改变人的外形，但是，他改变不了人的性格，还改变不了他的武功本身。我和秦子林一向交好，他的习性品格我了如指掌。归景东和我交手时，我已经有些疑惑。还有秦子林跟我决战那晚，我感觉他有什么地方不对劲了。他简直是在求死。以求速死。他一死，归景东便出现了。所以归景东就是秦子林。"

归景东疑道："你怎么知道秦子林没有死呢？"

白玉堂苦笑："我也是后来才知道，秦子林本来是应该穿他那件金缕衣的，那是一件百剑不伤的内衣。而且秦子林也料定我只会刺他一刀而已。这不伤及性命的一刀，他秦子林是抵得住的。那天晚上的血自然也不是秦子林的血，他那天晚上生吃羊肉，其实是为了用羊血掩盖。秦子林那天晚上没有流血。再有，那天秦子林滚下山崖，开封府的四个差人却没有寻到他的尸体。"

归景东长叹一声，摘下了面具，果然是秦子林。

白玉堂叹道："世上本无归景东，世上只有秦子林。想我白玉堂做杀手多年，江湖上的大小杀手我如数家珍，如何就跑出一个归景东呢？那天晚上在万兴客栈，子林兄对我讲，归景东是当年横行江湖的大侠归景西的胞弟，我已经起疑，因为我知道当年的归景西的确有一个胞弟，但很不幸，他的弟弟本不叫归景东，而且他这个弟弟极短命，不满十岁就夭折了。"

秦子林尴尬笑道："玉堂弟果然是一个老江湖。"

青衫人击掌称赞："好一个聪明过人的白玉堂啊。"

白玉堂看着秦子林，长叹一声："子林兄，那天晚上在六和塔一战，如果不是我心细，你就丧命了啊。我只是不知你如此自毁名节，舍身伺虎，所为何来呢？"白玉堂声音有些哽咽。

秦子林早已经满脸是泪了。他的确记得，那天晚上，白玉堂的刀只是击中他的左心，但是将刀吃进皮肉一点点，那是极有把握的一击。当时，他始终认为白玉堂的武功并没有精进多少，他现在明白了，如果白玉堂看不破这一点，那天晚上，他就命丧六和塔上了。江湖上就不会再出现什么归景东了。那季明扬和秦莲也已经人头落地了。

秦子林唏嘘不已。

白玉堂声音里突然有了悲伤，他说："子林兄，以你一个横行江湖的大侠，如何就如此被人挟持，我仔细想过，而且想得头疼欲裂。是什么让你如此呢？而且不惜搭上秦莲与季明扬的名节。我终于想明白了，你心中最重要的人是云中英大姐，而云中英并没有死，她当年只是过不惯民间的生活，才重新回到皇宫中去的。而现在六皇子挟持了云中英，于是，你为了云中英的安危，只能听命于六皇子。可是你想过没有，这情字是多么地害人啊，你险险断送了大宋的江山社稷啊。"

秦子林落下泪来："玉堂弟啊，我是一直在梦中啊。"

白玉堂突然没了悲伤之色，他看着青衫人，冷笑一声："你自认为做得天衣无缝，但你还是露出了破绽。"

青衫人笑道："如何有破绽？"

白玉堂道："如果你刚刚不是下杀手欲置我和秦子林于死地，

我还是不敢相信你就是背后的主使。或者说，你太性急了。你安排的这一切，都应该再缜密一些才好。"

青衫人不再说话。

白玉堂道："你与秦子林本来就是朋友，而且还不是一般的朋友。你何必要置他于死地呢？人世间如果都是这样的朋友，岂不是让人心冷。我们不想与你纠缠，四皇子。"

青衫人目光中似乎惊了一下："你刚刚喊我什么？"

白玉堂笑道："我喊你四皇子。"

秦子林愣住："他怎么会是四皇子？"

青衫人微笑不语。

白玉堂继续说："其实四皇子没有失踪，那天夜里，我在王更年的府上，的确见到了四皇子，但是他没有病。他是装病。"

秦子林大惊失色，他的印象中，一直想谋逆的四皇子已经不知下落。如何又出现了四皇子呢？

青衫人冷笑："白玉堂，四皇子已经失踪一年，大概已经死了。这是天下人都知道的事情。"

白玉堂笑道："四皇子，你何必再骗我。"

青衫人怔怔地看着白玉堂，他终于点点头："不错，我就是四皇子。"他沉吟了一下，突然难过地摇头叹道："白玉堂，你为什么出现在这里？你又是如何看破这一切的？"

白玉堂笑道："你本来就没有失踪，你只是演出了一场你自己追杀你自己的戏剧，你扮作惶惶不可终日之态，东躲西藏，你那天在王更年大人的府上，故意让我看到你。只不过是为了证明你是真正被迫害的。但是，你的戏演得过头了，却引起了我的怀疑。你不过是要我相信你是被追杀迫害的，你才能真正登上太子的位置，而众皇子都不会是你的对手，现在传国玉玺已经到了你的手里。现在皇上已经四处寻你了，你的计划已经要实现了。如果我猜得不错，你明天或者后天，就会对外宣布，六皇子死于某种意外的事故，你才会恢复你四皇子本来的面貌。到那时，天下就不姓赵了，而改姓田。所以，你现在要杀掉秦子林，你要灭口。这是你真正的目的。而真正的六皇子也许已经死去了。"

四皇子叹道："这本来是天衣无缝的一件事情，你是如何看破的？"

白玉堂摇头道："天下从来没有什么天衣无缝的阴谋。我之所以能打开这件事情的切口，是由云中英大姐而起，这位云中英大姐，就是当年与秦子林结婚的那位在江湖上名噪一时的云一剑。"

秦子林疑道："这件案子跟云中英有什么关系？"

白玉堂看定秦子林，伤感地一叹："子林兄，你知道我为何刚刚不在得意酒楼讲破这件事情吗？我是不想让众人听到这件案子最真实的背景啊。因为我不想伤害云中英大姐的声誉。"

秦子林懵懵地看着白玉堂。

白玉堂点点头："在这件案子总处在迷雾之中，找不到出路的时候，我却偶然想到了云中英大姐，那是一个好大姐。她已经去世多年，当然，这都是你秦子林告诉我的。但是我后来发现，她并不是山野中的女子，以她的学识她的见解，绝非草莽巾帼出身。云一剑云中英，这是当年江湖上赫赫有名的人物，怎么她也卷进了这场疑案之中了，她已经去世多年，怎么会呢？当然，答案只有一个，她没有死。"

秦子林懵懵地看着白玉堂："云中英真的没有死？"

白玉堂苦笑道："云中英的确没有死，至少，她不在她的坟墓里。她的坟墓是一座空坟。"

秦子林惊了。他的的确确地惊呆了。

白玉堂苦笑道:"对不起,为了侦破这个案情,我不得不冒着杀头之罪,挖开了云中英大姐的坟墓。那是一座空坟。"

"空坟?"秦子林呆住。

白玉堂道:"子林兄,你且听我说下去,云中英大姐当年同你一见钟情,你们共同幸福地生活了一段时间,你们有了自己的孩子秦莲。但是你并不知道,这云中英是一个什么样的人物,这云中英的确是一个非常人物。她婚后私奔了。因为,她的家庭决定把她许配给一个她所不喜欢的男人。我们姑且把这个男人称作是一个大商贾。是啊,云中英,作为出身富贵人家的女子,她已经看破了荣华富贵,如果嫁给一个她所不爱的人,无论这个富豪多么富有,她无论如何也是接受不了的。"

秦子林问:"这个富豪是谁?"

白玉堂看看秦子林:"天下人当然都知道,现在天下富可敌国的首屈一指的当数哪一个?当然是田仿晓,也就是陆晨明。"

四皇子淡然一笑,他似乎很平静。

白玉堂继续说下去:"且不说陆晨明怎样,我只是想告诉子林兄,云中英在与你结婚之前,已经给这个陆家生下了一个孩子,而且是一个男孩子。她认识了你秦子林之后,私奔了,这个男孩子却留在了陆家。也许是陆晨明身边不缺少女人,他对云中英大姐的私奔并不在意,他只在意云中英大姐给他留下的这个男孩子,这是一个很聪明的男孩子。"

秦子林静静地听着。

白玉堂接着说下去:"云中英大姐与秦子林生活了一段时间,

应该说这一段时间他们是很幸福的，他们还生下了一个女儿秦莲。可是，云中英渐渐地发现秦子林并不适合她，她明白了自己，她当初与秦子林一见钟情，也许只是喜欢秦子林身上的武功。她的确是以武会友才结识了秦子林的，她也许十分后悔这样轻率地把自己嫁给了秦子林。我想说的是，在书琴字画样样精通的云中英大姐眼里，你秦子林是一个只懂武功别无情趣的男人，如果秦子林再懂些诗书就好了，但是，很遗憾，秦子林对诗琴字画毫无兴趣。云中英大姐彻底失望了。后来云大姐探望娘家，就再也没有回来，其实她是不想再回来了。"

秦子林摇头："玉堂弟，这些都是妄猜，你没有证据。就算是云中英的坟是空墓，但或许另有隐情。江湖上人人都知道，那云中英本是生病而逝，怎么会是躲在了她的娘家呢？何况我也曾经到云中英的娘家去看过啊，那的确是一个猎户人家啊，并不是什么郡主之家啊。"

白玉堂笑道："是的，江湖上都知道云中英是青石山一户猎户家的女儿。据我后来知道，青石山上的那一家猎户后来也消失了。为什么？只是为了让你秦子林一看，只是为了让你秦子林相信，云中英真的只是一个猎户家的女子。你去看过了，也就等于江湖上的人都知道云中英是猎户家的女子了。那家猎户便没有意义了，只有消失了。云中英为什么这样做，答案只是一个，她为了掩盖她真实的出身。"

白玉堂继续道："当然是真的。我开始并没有怀疑，只是，我在云中英的棺材里发现了一件东西。这也许是当年陆晨明制作云中英的假坟墓时不慎丢下的，而展护卫提醒了我，便让我把云中英与陆大人联系起来了。想想看，做这样的假墓，只有云中英和陆晨明亲自去做。旁人是信不得的。"

大殿之上一片寂静。四皇子和秦子林也不再发问，他们都在听白玉堂说下去。

白玉堂苦笑："那家猎户消失了，云中英大姐也就这样隐去了。其实她是回到了陆晨明的身边，她与陆晨明所生的那个男孩子渐渐长大了，也练就了她的一身武功绝学，也许，人人都看出这个孩子将来定会有一番大作为的。当然，任何有成就的人，总要有成就他的机会。终于有一个机会，当然是有人刻意安排的一个机会。皇上看中了这个孩子，于是便有了皇上收义子的故事。这个孩子，便成了四皇子。也就是你。"

四皇子呆住了，他稍稍有些慌乱。

白玉堂叹道："皇上格外宠你，但是问题出现了。皇宫里的皇子们太多了，天下的皇子们是幸福的，因为他们出身决定了他们终身的富贵。但是，天下的皇子们又是不幸的，因为谁也想着册封太子。可是太子只有一个。于是，争斗开始了。这是一场残酷的争斗。云中英大姐不可避免地被卷了进来。而你四皇子也看出，你的身上没有皇家血统。你根本没有资格在这场争斗中参与，你只好失踪了。我可以猜测，你也许是心怀叵测地失踪了。你只要寻找一个借口，你要在暗中夺取皇位，你只是没有想到，皇上对你的失踪，已经有所防备，这就是包大人辞官的理由。这一出假戏真唱，本来就是让包大人暗中调查你的事情。"

白玉堂停了下来。他看看秦子林。

秦子林一脸苦涩。

白玉堂继续说下去："应该说，皇上已经知道田家的财富使得田家有了野心，皇上也知道了他们开始是在朝中结交权贵，而权贵们拿了田家的钱，则大开方便之门，使田家挣到更多的钱。事实也的确如此。王更年假扮的那个田仿晓那天曾经对我们讲过，天下财富为三，田家占有一成。此言绝不是狂妄之语。当金钱达到一定程度之时，野心自然同步增长。田家要夺天下。他们安排下四皇子这步棋。但是，仅那些拿了田家金钱的官员们，为四皇子册封之事竭力辅佐，还是不够的。因为，朝中还是有忠义之臣的，包大人当然是一个。他的进谏，深得圣心，他只是表面上得罪了皇上，于是皇上便逼迫包大人辞职了。当然，这是皇上故意让朝中文武众臣看的，皇上知道自己已经奈何不了田家。为什么？因为皇上也花了田家太多的钱。皇上要册封四皇子，只是一句对田家的客气话。聪明绝顶的皇上自然知道这种事是万万通不过的。皇上只不过要卖一个人情给田家罢了。也算是抵了田家花在皇家身上的钱。但是，田家却是当真了。你们真的认为皇上会让四皇子册封的。于是，田家便引进了许多江湖英雄，要为四皇子册封摆平一些事情。而云大姐也为此卷了进来，她利用了秦子林……"白玉堂有些说不下去了，他停了下来，哀伤地看着秦子林："子林兄，这就是我为什么刚刚没有在得意酒楼说破此事的缘由，因为我不想让更多的人知道这件事情。因为，云大姐毕竟是我心目中一个完美无缺的形象啊……"

秦子林一脸哀伤地看着白玉堂，他无论如何也想不出白玉堂是如何看破这一切的。

青衫人埋下头去，过了一刻，他十分艰难地抬起头来，看看白玉堂："你为什么一定和我过不去呢？"

白玉堂摇头："你说错了，我真的没有跟你过不去，而是你跟我们大家过不去。或者说，是你与大宋江山社稷过不去。你们的谋逆之心，是要同天下人过不去的。"他不再说。

青衫人苦苦一笑："也许我真败在你们手下……"他话音刚刚落下，一道闪电划过。当然不是闪电，是青衫人手中的剑，寒光片片，他的武功当然不弱。

秦子林的长剑也已经颤动龙吟挥起。

青衫人没有说话，他的喉咙已经被刺穿。

血，箭一般蹿出来。

他的人已经倒下。

他的血射到墙上。

秦子林听到身后响起吼叫声，当然是那十几个侍从疯狂地向他们扑过来了。但是秦子林没有回头，他只是静静地看着青衫人倒下的地方。他的身后响起一阵刀剑相击的声响。

秦子林回过头时，那十几个侍从都倒在了血泊中。白玉堂滴血的刀已经入鞘。

青衫人一双眼睛睁得很大。他真是死不甘心的样子。

他带走了许多别人不知道的心事。可惜谁也不会知道了。

白玉堂仰天长啸："云大姐，你莫非还不现身吗？"

秦子林脸上的表情一下子紧张起来了，他看着白玉堂："你说什么？"

白玉堂叹道："她的确在这里。"他刚刚说到这里，猛地起身跃起，他一刀劈开了大殿的墙壁。墙壁被劈开了，这竟是一面夹壁墙。里边是一间很大的房间。一个素衣女子双手合十，威然端坐。秦子林一怔，就要冲过去，却被白玉堂拦住了。

这个素衣女子是谁？

当然是云中英，已经死去了多年的云中英。

云中英

凄冷的夜风缓缓地吹进房间，房间里有一种难挨的沉默。这是一种让人伤感备至的沉默。

云中英目光呆滞地看着白玉堂和秦子林。白玉堂自知会见到云中英的，但是他实在不想在这种场合里见到云中英，而世间真是有许多无奈。他怔怔地看着云中英，云中英的目光中有温情，有感慨，有苍凉，或者说，有着说不清道不明的复杂。云中英的头发已经有些花白，真是岁月不饶人，当年那美丽动人的云中英果然不见了，他敬爱的云大姐真是老了。白玉堂心头一酸。张口想说一句什么，声音却哽住了。

秦子林痛苦地喊了一声："中英，我是否在梦里……"

云中英声音有些枯涩地说道："子林，我对不住了……"

白玉堂有些难过地低下头，他一时有些恍惚，面前这个女人，真的是他一直敬爱的云中英大姐吗？

云中英脸色苍白极了，苍白得像一张纸。她对白玉堂笑道："玉堂弟，你近来可好吗？"

白玉堂点头："大姐，玉堂很好。"

"我听说你的刀法长进很大。"

"谢谢大姐挂念。"

"你成家了吗？"

"……没有。"

"你也应该成一个家了……"

"……是的。"

"你不想说些什么吗？"

"大姐，我是敬爱您的……"

"我知道，你刚刚对四皇子说的话，你一定不曾对别人讲过。"

"是的，我刚刚在得意酒楼，并没有提及您。我实在不愿意让别人知道您在这里边的角色。"

"……我知道你的心思。你是如何看破这一切的。你如何会卷进来的呢？"

白玉堂苦苦一笑："大姐，我实在是不想卷进来的，只是你们做事……太歹毒了一些。你们本来很好，为什么……这或许是天意吧……"白玉堂说不下去了，面对自己深深敬爱的人，他突然感觉自己有些语无伦次了。他仰头闭上眼睛，他的眼睛里已经含满了泪，他刚刚已经是强忍着，不让眼泪流出来，但是，眼泪还是流出来了。

白玉堂喃喃地问："云大姐，你是有恩于我的，我知道，你应该是恨我的。"

云中英摇摇头："不，玉堂弟，我从来不恨你，我一直把你当作我的弟弟。你还是没有回答我，我只是想问你，你是怎么样看破我的？"

白玉堂叹道："我刚刚与四皇子的谈话，您已经听到，您又何必再问。你与子林兄关系极好，您如何会这样伤害他呢？您一定会知道他每年都去您的坟上烧纸，这是何等……"他突然停住，"我不想再说下去了。"他转身大步向外走去。

"玉堂弟。"云中英轻轻地喊了一声。

白玉堂站住了，但是他并没有回过头来，他问："大姐，您还有什么事情吗？"

"让我再看你一眼好吗？"

"……大姐，刚刚我们已经见过了。"白玉堂感觉自己的声音虚弱极了。他没有回头，走出去了。

白玉堂站在清风观外，起风了，风很大，他仰起头来，目光空空茫茫。暗暗的夜色之中，风扯得辽阔而高远。空中的云，在匆匆地行走，它们是在赶路吗？天际处，有隐隐的雷声响起。有风掠过白玉堂的脸，他的心绪像风中的乱草一样飞舞着。

他突然听到观内传出秦子林的一声长啸："中英啊……"

白玉堂听到，心中刀割一般疼痛了一下，他已经是泪流满面了。

过了许久，秦子林走出了大殿。

白玉堂没有看他。二人沉默着。

风越来越大了，秦子林在风中伫立。过了许久，他忽然怒声喊道："白玉堂，你为什么要出现？"

白玉堂无语。

秦子林长叹一声："我真是不知道事情的后面会有这么多的秘密。"

白玉堂轻轻叹了口气："我感觉似乎什么也没有发生过。"

秦子林回过头，看着白玉堂。

白玉堂叹道："子林兄，我从没有怪过你，只要是一个真正的男人，都会有觉悟的时候。纵然这觉悟是他被逼迫得走投无路时才发生的觉悟，也还是值得我永远尊敬。我从不滥杀，但我知道血浓于水，血真是好东西，它可以洗清许多惭愧和仇恨。有时，人的生命，是在鲜血中得到新生的。不是吗？子林兄。"

秦子林已经满脸是泪。

一阵阵雷声，在他们的头顶炸响，大雨飘然而落。

秦子林站在雨中，一动不动。他满脸的泪水与雨水同流。

远远地，秦子林看着白玉堂走了。白玉堂走得很慢，他似乎不在乎这漫天的大雨。

尾 声

初冬的时候，朝廷突然宣布六皇子已经死了。

皇上下诏，东京城的百姓为六皇子出殡。满城纸钱飘飘。纸钱在橘红色的清晨，显得苍白无力极了。开封府里的差人们担任着警卫。卢方、徐庆、蒋平、王朝、张龙、赵虎参加了出殡。最前边的是包拯、公孙策带着展昭。

此时的白玉堂正在东京城外的路上。

寒风萧萧。太阳在寒风中凛然悬在空中。

白玉堂猛地回头，目光空空地看了东京城一眼，然后策马向前走了。

白袍白马白玉堂，像一只白色的精灵，在官道上奔驰着，他的神情像空中的太阳一样，明朗而自信……

……

事情已经过了千年，这件公案能否让世人警醒一些什么呢？写到这里，已经是夜深人静。我放下笔。我猛然发现白玉堂正在我面前微笑。他似乎想对我说点什么，可是他倏然不见了。

白玉堂，哦，你能否让我重睹一下你的风采呢？

你为何不说话？你如何不现身？

谈歌现在已经感觉到了你就在他的身侧。

图书在版编目（CIP）数据

案中案 / 谈歌著. -- 北京：作家出版社，2024.
8. --（麻辣白玉堂系列）. -- ISBN 978-7-5212-2975
-2

Ⅰ. I247.5

中国国家版本馆 CIP 数据核字第 202464KN37 号

案中案

作　　者：谈　歌
责任编辑：史佳丽
版式设计：孙惟静
封面设计：末末美书
出版发行：作家出版社有限公司
社　　址：北京农展馆南里 10 号　　　　邮　　编：100125
电话传真：86-10-65067186（发行中心及邮购部）
　　　　　86-10-65004079（总编室）
E-mail:zuojia @ zuojia.net.cn
http://www.zuojiachubanshe.com
印　　刷：中煤（北京）印务有限公司
成品尺寸：142×210
字　　数：157 千
印　　张：7.375
版　　次：2024 年 8 月第 1 版
印　　次：2024 年 8 月第 1 次印刷
ISBN 978-7-5212-2975-2
定　　价：42.00 元